NOUVELLE COLLECTION NATIONALE



RODOLPHE BRINGER

95 cent.

l'ouvrage complet illustré

# ...ET L'AMOUR TRIOMPHA !

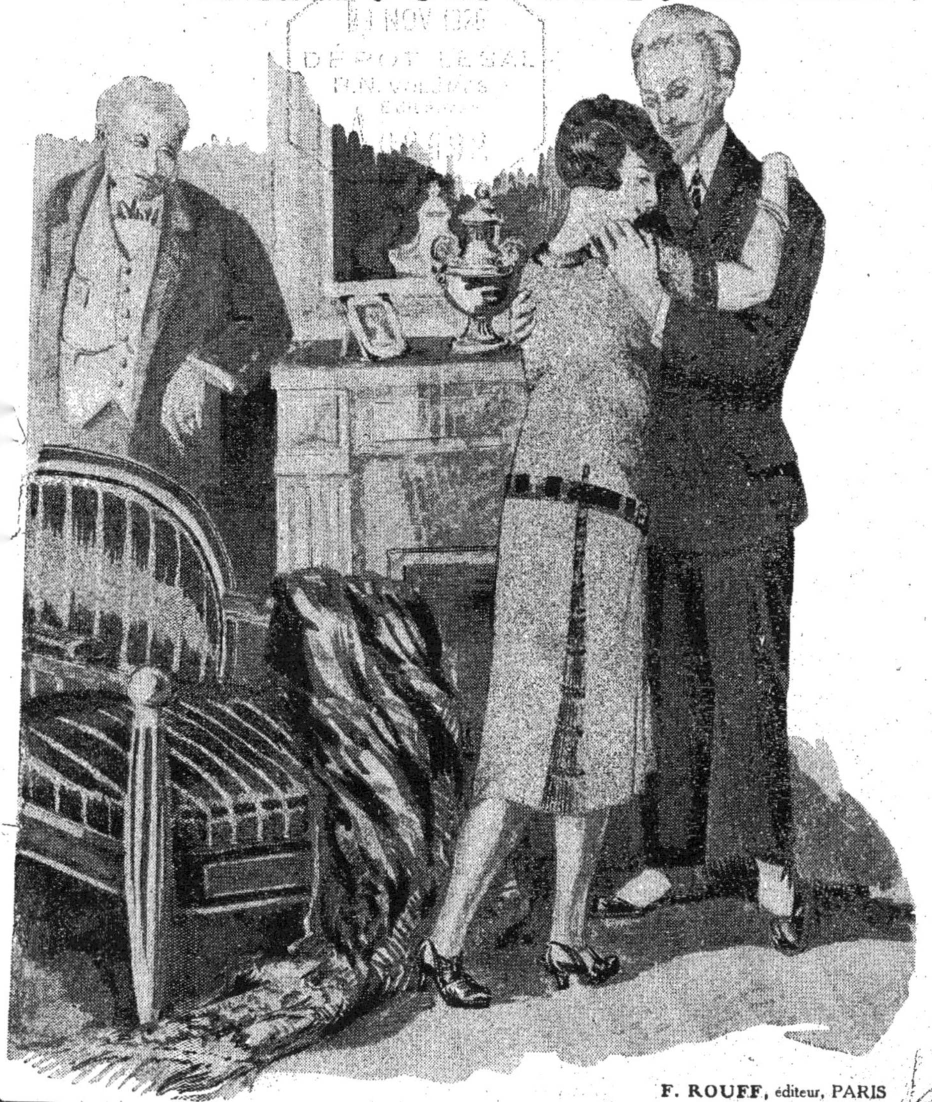

F. ROUFF, éditeur, PARIS

# ...ET L'AMOUR TRIOMPHA !

## CHAPITRE PREMIER

### LE SACRIFICE

AH! c'est toi, mon pauvre Jacques! Je t'attendais justement. Tu arrives à propos.

Maître Monin, notaire à Pierrelatte, s'étant levé, avança une chaise à un grand jeune homme vêtu de deuil qui venait de pénétrer dans son cabinet.

Le jeune homme s'assit.

Il pouvait avoir vingt-cinq ans, sa figure, sans être belle, était énergique et trahissait une grande intelligence. Il portait les cheveux longs et sa barbe noire était taillée en pointe.

Il se tut quelques instants ; puis, comme maître Monin s'était installé derrière son bureau, une antique table en acajou toute surchargée de papiers jaunis et poudreux.

— Eh bien ! dit-il, tout est-il réglé maintenant ?

— Oui, c'est fini, répondit maître Monin.

— Alors !

Bien qu'il voulût paraître calme, tout son être frissonna en prononçant ce mot.

C'est que la minute était décisive, et son avenir, sa vie tout entière dépendait de la réponse du notaire.

Maître Monin ne répondit d'abord rien.

D'un geste machinal, il repoussa ses lunettes sur son front, se frotta les yeux, puis il se leva.

Jasques pâlit.

Connaissant le notaire de vieille date, il avait peur de trop bien comprendre le silence de maître Monin.

A son tour, il se leva et fébrilement :

— Eh bien ! voyons ! Je ne suis pas un enfant. Répondez-moi franchement.

— La vérité, tu veux toute la vérité ? prononça le notaire en posant la main sur l'épaule du jeune homme. Eh bien ! mon pauvre ami, tout compris, excepté la maison, la succession de ton père s'élève à trente mille francs qui te font tout juste « douze cents » francs de rente.

— Trente mille francs ! murmura Jacques : trente mille francs !...

Maître Monin se promenait de long en large dans son étude, maintenant, et les mains derrière le dos, tapotant les basques de sa jaquette :

— Ton père, expliquait-il, ne savait pas assez compter. Ce fut un brave homme et tu sais combien je l'aimais. Mais que veux-tu ? Il avait un défaut, un grave défaut dans le siècle où nous vivons : il était trop obligeant et trop confiant.

Et, se dirigeant vers son bureau, il prit une liasse de papiers.

— Tu vois ça, fit-il, ce sont des créances, cinquante mille francs de créances dont tu ne tireras jamais un sou, jamais. Et remarque que c'est du papier, ça, du papier signé par des gens d'ici ou des environs. Et si cet argent-là ne rentre pas, comment feras-tu pour toucher celui que ton père prêta de la main à la main ?

— Mais... la liquidation ? hasarda Jacques.

— La liquidation? Eh bien, voilà ce qu'elle produit, la liquidation.

Et revenant à son bureau, il se rassit, fouilla quelques papiers, puis, remettant ses lunettes sur son nez :

— Voilà ! La vente des soies, tant celles en magasin que celles qui se trouvaient à la condition à Lyon, a produit cent quatre-vingt mille francs. Sur ces cent quatre-vingt mille francs tu as à payer cent cinquante mille francs aux divers fournisseurs de ton père. Reste trente mille francs. Voilà ce qu'elle a produit la liquidation!

— Maintenant, ajouta le notaire après un temps, tu peux ne pas payer.

— Cela, jamais ! déclara Jacques.

— Je l'espère bien ! Tu ne serais pas le fils de ton père si tu agissais autrement.

Il se fit encore un silence, long comme une éternité.

Maître Monin le rompit le premier :

— Alors, que vas-tu faire ?

Jacques répondit simplement :

— Mon devoir !

Puis, comme si ces deux mots eussent abattu en lui toute l'énergie dont il était capable, il laissa tomber son front dans sa main et se prit à sangloter.

Il y avait un mois que Dubourg était mort, enlevé, en deux heures à peine, par une attaque d'apoplexie foudroyante; il avait cinquante-quatre ans.

C'était un des plus riches marchands de soie du Midi, et à Pierrelatte, où il était établi depuis plus de vingt ans, il menait un assez grand train. Aussi, dans cette petite ville méridionale, où les coupons de rente tiennent lieu de titres de noblesse, où la fortune tient plus de place que l'honnêteté, Monsieur Dubourg était respecté comme pas un. Or, chose rare, Monsieur Dubourg méritait ce respect : c'était un brave homme dans l'acception la plus noble du mot. Il n'était personne à Pierrelatte qu'il n'eut obligé de ses conseils, de son appui et surtout de son argent.

F. ROUFF, ÉDITEUR. — 1926.

Aussi l'estime qu'on avait pour lui s'était reportée sur sa femme et sur ses deux enfants.

Sa mort, si brusque, avait vivement affecté tout le pays ; plus de trois mille personnes avaient suivi ses obsèques.

Des deux enfants qu'il laissait, Jeanne ne comptait guère. C'était une jeune fille de dix-sept ans, grande et mince, blonde et pâle, jolie, un peu maladive, à peine échappée d'un couvent d'Avignon, et dont la figure était si enfantine, avec ses yeux bleus naïfs, que volontiers on l'eût prise pour une fillette hâtivement poussée.

Jacques avait vingt-six ans. Ses études terminées au lycée de Grenoble, l'établissement le plus sérieux de la région, au grand désespoir de son père, il n'avait montré aucune aptitude pour le commerce ou pour l'industrie. Il avait une âme d'artiste, il se sentait poussé vers la musique par une irrésistible vocation. Presque seul, alors qu'il n'avait pas même atteint sa dixième année, il avait appris le piano et le violon. A quatorze ans, il avait pénétré les arcanes les plus reculées du solfège, et à seize ans, alors que, muni de ses diplômes universitaires, il voyait s'ouvrir devant lui les plus nobles et les plus lucratives carrières, une seule ambition le hantait : devenir un musicien fameux, un compositeur émérite, dont on applaudirait les œuvres glorieuses.

Monsieur Dubourg ne combattit point cette inclinaison.

Bien que fortement étonné de voir un artiste fleurir dans une famille où, depuis deux cents ans, on n'avait vu que d'honorables commerçants, il songea qu'on peut être un honnête homme partout et il laissa partir son fils pour Paris, où il pourrait compléter des études musicales que jusqu'ici il n'avait fait qu'ébaucher.

Jacques partit pour Paris et entra au Conservatoire.

Simultanément, il suivit des cours de piano et de violon. A dix-huit ans, il obtint sa médaille de solfège et son premier prix de violon et de piano supérieur.

Il entra dans une classe d'harmonie, où il se fit vite remarquer par de brillantes dispositions.

Enfin, à vingt-cinq ans, au moment où la mort de son père venait le surprendre, il était la gloire du Conservatoire, le lauréat désigné par tous pour le prix de Rome, car dans quelques mois à peine, les concours allaient être ouverts, dans quelques mois on allait entrer en loge.

C'était une carrière brillante qui s'ouvrait devant lui.

Grâce à la fortune paternelle, il avait largement vécu jusqu'à ce jour. Il se sentait donc fort pour l'avenir, et armé contre la terrible lutte pour la vie, si âpre pour un artiste, et surtout pour un compositeur. Mais l'argent ne lui manquerait pas, il pourrait attendre facilement l'heure des succès futurs, l'heure lointaine encore où quelque œuvre forte et saine le désignerait à l'attention du public et ferait de lui un maëstro applaudi, un homme célèbre, un musicien coté. Cette heure, avec la pension que lui servait son père, il pouvait l'attendre patiemment ; et assuré contre la matérialité de la vie, n'ayant qu'à travailler, sa fortune pouvait avancer cette heure, et il avait le ferme espoir d'arriver promptement.

Son père était mort.

Cette mort n'allait-elle point changer bien des choses ?

Sa fortune allait-elle rester intacte ?

Pourrait-il, aussi sûrement, continuer ses études et attendre l'heure encore lointaine du succès.

C'est ce que Jacques ne s'était pas encore demandé, tout à la douleur que venait de lui causer ce triste et si soudain événement.

Maître Monin, un ami de la famille, avait été chargé de la liquidation et du partage ; et lorsque Jacques, confiant en l'avenir, se présentait à son étude, et qu'il lui demandait ce qui restait de la fortune paternelle, on lui répondait :

— Trente mille francs.

Le coup était rude pour un jeune homme dont l'âme vierge n'avait point encore été trempée par le malheur.

Et cependant, quand maître Monin lui avait demandé ce qu'il comptait faire, c'est sans hésitation qu'il avait prononcé :

— Mon devoir !

Le notaire l'avait remarqué, émerveillé par une telle grandeur d'âme, et quand Jacques, abîmé par sa douleur, s'était laissé aller à sangloter, le notaire l'avait laissé pleurer, comprenant qu'il est des douleurs dont rien ne console.

Jacques pleura longtemps.

C'était sa vie brisée qu'il pleurait, ses rêves perdus, ses illusions mortes.

Car, en une minute, il venait d'envisager la situation, dans toute son horrible vérité.

Il leva la tête, et le visage sillonné de larmes :

— Dites-moi, maître Monin, fit-il, pensez-vous, — car moi j'ignore la vie, — pensez-vous qu'à Pierrelatte ma mère puisse vivre, je dis vivre sans privation avec douze cents francs de rente ?

— Certainement, répondit le notaire. Assurément, il faudra que ta mère réduise son train de maison, vende ses chevaux et ses voitures ; mais ici, sois-en persuadé, avec douze cents francs on est à l'aise sans qu'il soit besoin de se priver de quoi que ce soit.

Le jeune homme sourit.

— Vive Dieu ! fit-il, alors tout va bien ; car moi à Paris, je trouverai toujours à défendre ma vie, j'abandonne ma part d'héritage et à la grâce de Dieu !

Jacques, nature artiste et par conséquent très impressionnable, était déjà consolé de la perte de sa fortune, et n'eussent été les larmes dont sa figure était encore inondée, on n'eût jamais dit que ce jeune homme, en une minute, venait de voir s'envoler devant lui trois ou quatre mille francs de rente.

Son parti était pris.

Maintenant, la vie de sa mère et de sa sœur était assurée, que demandait-il de plus ?

Et léger, souriant, il s'était levé et déjà tendait sa main au notaire, dont il allait prendre congé.

Maître Monin l'arrêta :

— Ecoute, Jacques, tu es un brave garçon, mais je vois que tu n'as pas pensé à tout.

Jacques se recula, interrogateur.

— Tu n'as pas pensé à ta sœur, continua le notaire, car je te sais l'âme trop haute pour la sacrifier ainsi à ton intérêt.

— Ma sœur ? fit Jacques, craignant de comprendre.

— Oui, Jeanne, ta sœur. Oublies-tu qu'elle est fiancée à Georges Rolland ; oublies-tu qu'elle l'adore et que, nerveuse comme elle l'est, si elle ne l'épouse pas, elle est capable d'en mourir?

Jacques regarda maître Monin.

Décidément il ne comprenait pas !

En quoi, abandonnant sa part d'héritage, sacrifierait-il sa sœur ?

Pourquoi sa sœur n'épouserait-elle pas Georges Rolland ?

Le notaire sourit tristement.

— Oh ! oui, tu avais bien raison de le dire, mon pauvre Jacques, tu ignores la vie. Ecoute : Georges Rolland est sous-lieutenant, et, tu dois savoir combien mince est la solde d'un sous-lieutenant. Je sais bien que maintenant il n'est plus besoin de dot pour épouser un officier, mais Georges est pauvre, ses parents, tu le sais comme moi, n'ont pas un sou, et ils ont dû se saigner aux quatre veines pour faire élever leur fils. Crois-tu qu'ils laisseront leur enfant épouser une fille qui serait sans argent ! Ce serait une folie de leur part. Tu le vois, pour que ta sœur épouse Georges, il faut absolument qu'elle ait une dot d'au moins trente mille francs.

— Mais c'est tout ce qui nous reste !

— C'est la dot de ta sœur !

— Mais si nous abandonnons à Jeanne ces débris de notre fortune, que restera-t-il à ma mère pour vivre ?

— Il lui restera un fils qui travaillera pour la nourrir ; un fils qui aura peut-être sacrifié sa vie, son avenir, ses rêves, mais qui aura, du moins, la suprême consolation d'avoir fait le bonheur de deux êtres chers : sa mère et sa sœur !

Jacques ne répondit rien.

Il s'en vint appuyer son front contre les vitres de l'étude. La fenêtre s'ouvrait sur le jardin de maître Monin, un jardinet tout vert, tout feuillu, tout fleuri de lilas, de glycines et de glaïeuls.

Mais ce premier épanouissement du printemps ne frappa pas le regard de Jacques : il ne vit point ces glaïeuls, ces glycines, ni ces lilas ; c'est sa sœur qu'il entrevit en une vision évocatrice : c'est sa Jeannette chérie qu'il aperçut, heureuse au bras d'un officier, tandis que sa mère souriait, joyeuse, consolée.

Il lui suffit d'une minute, sa résolution était prise.

— Je vous remercie, fit-il au notaire en se retournant, vous m'avez montré mon devoir : il est terrible, mais je le remplirai jusqu'au bout.

Le notaire prit la main que le jeune homme lui tendait. Il était ému, et quelque effort qu'il fît pour les retenir, deux grosses larmes coulèrent sur ses joues.

— Tu es un brave garçon ! murmura-t-il.

Jacques sortit.

La maison de maître Monin s'élevait sur la place de l'église, juste en face de la demeure des Dubourg.

Jacques n'eut qu'à traverser la placette pour rentrer chez lui.

Assise dans le petit salon, dont la porte-fenêtre ouvrait de plain-pied sur le jardin, Madame Dubourg l'attendait.

— Où est Jeanne ? demanda Jacques.

— Dans sa chambre. Faut-il l'appeler ?

— Non, mère, laisse-la, au contraire, nous avons besoin d'être seuls pour causer.

Jacques prit une chaise, l'approcha du fauteuil de sa mère.

— Je sors de chez maître Monin, dit-il.

Madame Dubourg tressaillit.

Elle savait la fortune de son mari compromise, et bien souvent, depuis quinze jours, elle avait frémi à la pensée que la mort de M. Dubourg pouvait réduire le chiffre de ses revenus.

A Pierrelatte, Madame Dubourg passait pour une femme insouciante, sans ordre et sans économie. On la croyait égoïste, prête à tout sacrifier à son repos et à sa tranquillité.

Il n'en était rien.

Madame Dubourg était une de ces femmes qui, choyées, gâtées dans leur première enfance, vivent sans connaître la vie et traversent doucement l'existence avec une âme insouciante d'enfant.

Mariée très jeune à M. Dubourg, fille de parents riches, elle n'avait jamais connu les difficultés de la vie.

Habituée à dépenser largement et sans compter, incapable de diriger une maison, elle avait laissé à son mari les soins de son ménage, et, confiante en un avenir, que rien ne menaçait, elle s'était laissé vivre sans souci, sans désir, passant ses journées à lire, étendue en un fauteuil, l'hiver au coin du feu, l'été sous les tilleuls de son jardin.

Ses enfants, certes, elle les aimait, mais comme on l'avait aimée elle-même, c'est-à-dire qu'elle ne les contrariait en rien, que leurs fantaisies avaient toujours été accomplies, et qu'elle ne leur avait jamais fait d'observations, sinon lorsqu'ils étaient venus gêner sa tranquillité ou son repos.

Avec une pareille éducation, Jacques et Jeanne auraient certainement mal tourné si la prudence paternelle n'avait veillé sur eux.

On comprend que Mme Dubourg ait tressailli lorsque Jacques vint lui dire qu'il sortait de chez maître Monin.

Jacques comprit le mouvement de sa mère.

Un moment il fut sur le point de lui cacher la vérité, mais bien vite il se rendit compte que ce serait inutile, et prenant la tête de sa mère dans ses mains, il l'approcha de ses lèvres, puis, lentement, avec des caresses dans la voix, comme on fait pour quelque enfant malade :

— Ecoute, mère, maître Monin a terminé la liquidation. De toute la fortune de mon pauvre père, il ne nous reste que douze cents francs de rente.

— Douze cents francs ! fit Mme Dubourg effrayée.

— Oui, douze cents francs. Encore n'y pouvons-nous toucher, puisque c'est la dot de Jeanne.

— Mais moi, alors, comment vivrai-je ?

Jacques pâlit en entendant ces mots.

En une minute, il venait d'entrevoir, dans toute sa vérité, le caractère de sa mère.

Ainsi, dans cet instant suprême, c'était à elle seule qu'elle songeait, à sa vie, à son bien-être.

Une tristesse lui emplit le cœur.

Mais bientôt il se reprit ; après tout, c'était sa mère, et il l'aimait.

— Toi ! il ne te manquera rien. Je travaillerai et te rendrai heureuse. Tu peux compter sur moi.

Mme Dubourg laissa tomber le livre qu'elle avait entre les mains, se renversa dans son fauteuil en soupirant.

Elle se tut un instant, puis, à voix basse, lentement, comme si parler lui était une grande fatigue :

— C'est bien ennuyeux, dit-elle que ton père ait été aussi imprévoyant.

C'est tout ce qu'elle trouvait à redire devant le sacrifice que venait de s'imposer son fils.

Mais Jacques s'était tracé son devoir; rien ne pouvait l'en rebuter.

L'indifférence de sa mère, loin de le décourager, le stimula au contraire.

— Pauvre mère ! songea-t-il, c'est une enfant, et je dois la traiter comme telle. Avec Jeanne, cela me fera deux enfants à protéger, voilà tout !

Mais tout à coup il songea à sa sœur.

Il lui savait l'âme bonne et généreuse.

Accepterait-elle le sacrifice qu'il s'imposait pour son bonheur ?

Il ne le crut pas et pensa qu'il fallait à tout prix que Jeanne ignorât toujours la perte de sa fortune.

Aussi, s'adressant à sa mère qui venait de reprendre le livre abandonné tout à l'heure :

— Surtout, ne disons rien à Jeanne, fit-il, je la connais, elle serait dans le cas de refuser sa dot.

Et tout bas il ajouta :

— C'est assez de moi de malheureux dans la famille !...

## II

### LES MILON

Il pouvait être huit heures quand maître Monin vint sonner à la porte des Dubourg.

Presqu'aussitôt Jacques ouvrit.

— Tu es prêt ? fit le notaire.

— Comme vous le voyez, depuis une grande demi-heure je vous attends sous les armes. Mais donnez-vous la peine d'entrer.

— Non pas ! Nous n'avons pas le temps ; filons.

Jacques prit un pardessus accroché à un portemanteau dans l'antichambre, puis, doucement, afin de ne réveiller personne, il referma la porte et suivit le notaire.

Devant l'étude, une voiture attendait, un de ces antiques cabriolets dont maître Monin se servait depuis près de vingt ans pour faire ses courses à travers la campagne.

Jacques y prit place, puis le notaire s'y installa à son tour, et bientôt, ayant tourné la rue de la Poste, le cabriolet disparut.

La veille au soir, c'est-à-dire deux jours après la conversation que Jacques avait eue avec maître Monin, ce dernier l'était venu trouver.

— Ecoute, Jacques, lui avait-il dit ; tu veux laisser ta fortune à ta sœur et tu veux nourrir ta mère, c'est très bien ! Comment vas-tu gagner l'argent nécessaire ?

— En travaillant ! avait répondu Jacques.

— Je l'entends bien ainsi ! Mais, en travaillant à quoi ? Je pense bien que la musique ne peut t'enrichir, avant longtemps, du moins... Il faut donc l'abandonner ; t'es-tu mis en quête de chercher une position ?

— Ma foi, non, dit Jacques simplement ; je dois même vous avouer que je comptais sur vous pour me trouver quelque chose...

Le notaire sourit de cette confiance.

— Et tu as bien fait, dit-il, de penser à me consulter ; d'autant mieux que je me suis déjà occupé de toi.

— Ah !

— Et je t'ai trouvé une place, une bonne place.

Pour toute réponse, Jacques prit les mains du notaire et les lui serra.

— Tu ne me demandes pas où ? fit maître Monin.

— Ma foi, n'importe quoi sera bon ; pourvu que je gagne assez pour donner à ma mère le confortable dont elle a besoin, le reste m'importe peu. Ce n'est point un avenir que je cherche c'est un devoir que je remplis.

Maître Monin réfléchit une minute.

Le peu d'empressement que venait de montrer Jacques à connaître l'emploi qu'il venait de lui trouver, avait quelque peu étonné le notaire. Mais il comprenait maintenant. Jacques ayant fait le sacrifice de sa vie et de son avenir, il ne pouvait chercher qu'une chose, le bien-être de sa mère.

— Pauvre enfant ! murmura-t-il.

Puis il reprit :

— Je possède un ami, à Saint-Paul-Trois-Châteaux, un vieil ami qui a connu ton père, Monsieur Milon.

— Le fabricant de papiers peints ? demanda Jacques, en effet, j'en ai entendu parler.

— Je suis allé le trouver. Je lui ai expliqué ton cas, lui ai demandé un coin pour toi. Je suis tombé à pic, il a justement besoin d'un contremaître et il te prend.

— Mais, pourrais-je tenir l'emploi ?

— Dame ! surveiller les ouvriers et les employés, c'est à la portée de tout le monde. Ce ne sont pas des connaissances spéciales qu'on demande à un contremaître, mais seulement de l'intelligence et de la probité : je crois qu'on pourrait tomber plus mal.

— Et ?...

— Les appointements ? Merveilleux !... Trois cents francs par mois, plus un appartement particulier dans l'usine.

Cette fois, Jacques n'y tint plus, il sauta au cou du notaire et l'embrassa.

— Allons, ne fais pas l'enfant, murmura maître Monin, ému malgré lui et qui ne voulait pas en avoir l'air. Va te coucher et sois prêt demain de bonne heure, je te présenterai à M. Milon.

Maître Monin sortit, Jacques monta dans sa chambre.

C'était une petite chambre à alcôve, dont les deux fenêtres s'ouvraient sur le jardin et que Jacques s'était plu à parer suivant sa fantaisie.

Derrière les rideaux de l'alcôve se trouvait le lit en cuivre, tout étincelant ; devant la fenêtre, une petite table-bureau et à côté, le piano, un joli piano d'Erard, surmonté d'un portrait de Beethoven souriant au buste de Berlioz qui ornait la cheminée ; Berlioz et Beethoven étaient les deux maîtres aimés de Jacques.

En entrant dans sa chambre, Jacques s'assit sur un fauteuil et, lentement, jeta les yeux autour de lui.

Cette chambre où durant ses séjours à Pierrelatte, il aimait tant s'isoler ; ce piano où, si souvent, ses doigts avaient couru, égrenant les notes des œuvres favorites ; cette petite table où, parfois, il avait écrit les mélodies qui lui chantaient au cœur ; ce portrait de Beethoven, ce buste de Berlioz, tout cela, il ne le reverrait plus !...

Certes, bien souvent, avant de partir pour Paris, il s'était assis comme aujourd'hui dans ce fauteuil, et il avait jeté un regard de regret sur la chambre qu'il abandonnait. Mais ce regret était tempéré d'espoir, ce n'était pas un adieu qu'il leur disait, aux meubles chers et familiers, mais un « au revoir » seulement, tandis qu'aujourd'hui, c'était bien l'adieu éternel, l'immuable à jamais!

Saint-Paul-Trois-Châteaux n'était pas loin de Pierrelatte, quelquefois même il pourrait y retourner, en sa chambre ; mais ce piano qui lui crierait sa défaillance à l'art, oserait-il l'ouvrir ?... oserait-il s'asseoir devant cette table qui lui reprocherait sa trahison ? Et Beethoven, et Berlioz, oserait-il même les regarder et ne craindrait-il pas d'entendre leurs muets reproches ?

Et soudain, en une sorte d'hallucination, il lui sembla que les deux maîtres lui parlaient.

— Nous avons souffert, lui disaient-ils ; comme toi, nous avons pleuré, mais l'art nous a soutenus, l'art que tu désertes aujourd'hui ; et de nos douleurs et de nos larmes, nous avons composé ces pages immortelles qui font notre célébrité.

— Oh ! non ! se dit Jacques, non ! je ne sacrifierai pas mes rêves ! j'ai foi en moi, je sens que j'ai quelque chose là, et la musique m'appelle.

Mais alors il songea à sa mère, pauvre femme à l'âme d'enfant, qui mourrait s'il lui fallait se priver du luxe dont son indolence avait besoin; il songea à sa sœur, sa pauvre Jeanne, dont l'amour, fauché dans sa fleur, causerait la mort sûrement.

— Vous le voyez, mes maîtres, vous le voyez, que je ne le peux pas !

Il passa la nuit en cette fièvre.

Enfin, le jour vint, sa résolution était prise, bien prise, et il était prêt depuis longtemps lorsque maître Monin le vint chercher pour le conduire à Saint-Paul-Trois-Châteaux.

Tous deux maintenant roulaient sur la route de Saint-Paul, cette longue route poudreuse et blanche qui zigzague dans la plaine, à travers les champs plantés de mûriers.

Ils se taisaient.

La matinée était superbe.

Bien qu'on ne fût qu'au seuil du printemps, le soleil était déjà chaud, et la plaine, tout autour, était comme baignée dans une poussière d'or.

Un grand silence pesait sur les champs, à peine secoué par le sifflet d'un train qu'on entendait là-bas, au loin.

Enfin, lentement, le cabriolet gravit une côte et l'on aperçut bientôt les premières maisons de Saint-Paul-Trois-Châteaux et là-bas, tout au bout d'une avenue plantée de platanes, la porte de la ville, une sorte de poterne basse, percée dans les anciens murs d'enceinte et que surmontait une niche, avec sa grande vierge grossièrement peinturée.

— Tu ne connais pas Saint-Paul ? demanda maître Monin à Jacques.

— Non, je n'y suis jamais venu. D'ailleurs, je ne connais pas les environs de Pierrelatte.

Et, de fait, bien que né à Pierrelatte, Jacques en était parti très jeune, et durant les rares vacances

*Georges s'était avancé pour serrer la main de son grand ami* (p. 9).

qu'il y venait passer, il préférait rester chez lui plutôt que de courir la banlieue.

Cependant, le cabriolet du notaire était arrivé devant la porte de la ville.

Il ne la franchit point, et tournant à droite, il suivit le cours ombragé de platanes, qui fait le tour de la ville, bordé d'un côté par les fortifications et de l'autre par des maisons proprettes et blanches, des cafés ou des boutiques de marchands et les grands bâtiments du séminaire.

Après cinq ou six cents mètres, Jacques aperçut la porte ouest de la ville, semblable à celle devant laquelle on était passé tout à l'heure ; puis le cabriolet s'engagea sur une route dont le ruban s'allongeait à perte de vue.

— Est-ce encore loin ? demanda Jacques.

— Non, deux cents mètres au plus. Tiens, vois-tu là-bas, derrière ce bouquet d'arbres ?

Et du manche de son fouet, maître Monin désignait à Jacques une haute cheminée émergeant d'un massif de verdure.

— C'est la fabrique.

En effet, le cabriolet tourna à gauche, abandonnant la route, et l'on fut bientôt en face de l'usine.

C'était au fond d'un petit vallon ondoyant, deux grands bâtiments, hauts de deux étages à peine et longs d'une cinquantaine de mètres.

Tout au bout, à droite, une petite maison s'élevait au milieu d'un grand jardin anglais ; une coquette maison en briques rouges, couverte d'ardoises, avec un grand perron en pierre blanche, tout feuillu de plantes grimpantes.

Maître Monin sauta de voiture et, abandonnant les rênes à Jacques, vint sonner à la grille dorée qui séparait le jardin de la route.

Une bonne survint.

— Monsieur Milon ? lui demanda le notaire.

Mais un monsieur parut sur le perron.

— Ah ! vous voilà, maître Monin. Arrivez vite. Laissez votre cheval à Marion qui va le conduire à l'écurie.

Jacques descendit de la voiture et suivit maître Monin qui venait de pénétrer dans le jardin.

Cependant M. Milon, car c'était lui, avait descendu les quelques marches du perron et souriant, les mains ouvertes, s'avançait vers le notaire.

C'était un homme d'une cinquantaine d'années, de taille moyenne, un tantinet bedonnant, il avait la figure complètement rasée, sauf près des oreilles, quelques touffes de poils grisonnants ; il portait des lunettes d'or.

— Je vous présente mon jeune ami, Jacques Dubourg, dont je vous ai longuement parlé, fit le notaire.

M. Milon tendit la main à Jacques.

— Enchanté, Monsieur, lui dit-il, de faire votre connaissance. En effet, maître Monin m'a beaucoup parlé de vous, et j'espère que nous ferons bon ménage, dit-il simplement.

Jacques balbutia quelques mots, étonné d'un accueil si simple, respirant une telle bonhomie.

— Vous allez vous rafraîchir, dit M. Milon.

Et, précédant ses invités, il gravit les marches du perron et introduisit le notaire et Jacques dans un tout petit salon.

La première chose qui frappa Jacques en entrant dans ce petit salon fut un magnifique piano de Pleyel, demi-queue, et à côté un casier de musique bourré de morceaux et de partitions.

Ce piano l'étonna : il s'attendait si peu à trouver un piano, surtout un piano à queue, dans la maison de l'industriel.

M. Milon remarqua cet étonnement.

— C'est le piano de ma fille, dit-il, oui, j'ai une fille qui est assez bonne musicienne.

Sans savoir pourquoi, Jacques rougit.

Mais M. Milon avait le dos tourné, donnant des ordres, et le notaire fut seul à remarquer le trouble du jeune homme.

Cependant la bonne apportait un plateau contenant trois verres et une bouteille de vin blanc.

M. Milon servit le vin, puis :

— Goûtez-moi ça ! C'est ma récolte de l'année dernière, et j'en suis fier, car, ajouta-t-il en s'adressant à Jacques, je ne suis pas seulement industriel, mais aussi vigneron, grand vigneron devant Dieu.

La vigne, en effet, était le dada favori de M. Milon.

Il possédait dans les environs de Saint-Paul d'immenses propriétés qu'il avait plantées en vignes, et auxquelles, il consacrait tous les loisirs que lui laissait l'usine.

On apprécia comme il se devait le produit de M. Milon.

— Et maintenant, fit-il, causons.

Et se tournant vers Jacques :

— Comme je vous le disais tout à l'heure, maître Monin m'a beaucoup parlé de vous. Il m'a raconté le malheur qui vous frappe et comment vous sacrifiez à votre mère et à votre sœur le brillant avenir qui s'ouvrait devant vous. Ce que vous faites là est très beau, mon ami, et vous savez je m'y connais.

Jacques s'inclina.

M. Milon continuait :

— Maître Monin m'a donc dit que vous cherchiez une situation. Je ne sais si vous y avez songé, mais un jeune homme comme vous, très instruit, certes, je n'en doute pas, mais qui depuis son enfance ne s'est occupé que de musique, ne trouve pas facilement à se caser dans le commerce ou dans l'industrie, où l'on demande des connaissances spéciales. En tout autre temps, il m'eût été difficile de vous trouver un coin. Mais maître Monin est venu au bon moment. Justement j'ai besoin d'un contremaître, d'un directeur plutôt et je vous prends à ce titre. Ce qu'il me faut, c'est un garçon intelligent et surtout honnête : vous m'allez donc comme un gant, et ne me remerciez pas, car j'en suis sûr, c'est moi qui serai votre obligé.

Jacques ne répondit rien, ému qu'il était par une telle courtoisie.

M. Milon servit encore du vin blanc, puis il reprit :

— Vos fonctions ici seront simples. Vous n'aurez qu'à exercer un service de surveillance. Voyez-vous je me fais vieux, voici près de trente ans que je suis à la peine, j'éprouve le besoin de me reposer. Puis, j'ai mes vignes qui me prennent une bonne partie de mon temps ; dans ces conditions, j'ai besoin de quelqu'un qui me remplace à l'usine. Ce sera vous. Vous aurez l'œil sur tout, vous surveillerez les ouvriers et les employés; les arrivées et les départs ; enfin, vous serez un autre moi-même. Cela vous convient-il ?

— Parfaitement ! dit Jacques. Je n'ai qu'une crainte, c'est de ne pas être digne de la confiance que vous placez en moi.

— Eh bien, moi, je suis rassuré sur ce point. Maître Monin se porte garant pour vous et je connais trop maître Monin pour penser qu'il puisse donner son estime à quelqu'un qui ne la mérite pas. Reste maintenant la question des appointements, car nous sommes en affaires, ne l'oublions pas, et nous ne faisons pas ici du sentiment. Vous aurez donc trois cents francs par mois et le logement dans un petit pavillon que je vous montrerai tout à l'heure. D'ailleurs je ne dis pas qu'un jour je ne vous intéresserai pas dans les bénéfices. Mais cela, nous en reparlerons, car d'ici là un événement peut survenir qui, assurant votre vie, vous permette de reprendre votre rêve... Donc, tout cela vous plaît? et vous acceptez ?

— Avec enthousiasme ! répondit Jacques.

— Alors, votre main ; la parole de deux honnêtes hommes-comme nous vaut mieux que des signatures. D'ailleurs, ajouta-t-il, nous sommes en règle, puisque notre marché est conclu devant notaire.

Jacques serra la main que M. Milon lui tendait.

Une envie folle le prenait de sauter au cou de cet homme et de l'embrasser à pleine joue, la crainte du ridicule seule le retint.

Mais de ce moment il voua à M. Milon une affection quasi filiale.

On lui eût dit de se jeter au feu pour lui qu'il l'aurait fait tout de suite, sans hésiter.

— Et maintenant, fit M. Milon, que je vous fasse visiter l'usine, votre nouveau domaine, en même temps que je vous présenterai les employés.

Ils sortirent.

La fabrique se composait de deux longs bâtiments, à droite et à gauche de la route.

Dans l'un, se trouvaient les ateliers des dessinateurs, les bureaux des comptables, et les divers magasins où l'on entassait le papier, les couleurs et tout le matériel nécessaire.

Les presses occupaient le second bâtiment à gauche.

L'une après l'autre on visita ces immenses machines, mues par la vapeur, et qui détaillaient des kilomètres de papier depuis les pauvres décorations à quatre sous le rouleau, jusqu'aux riches imitations de tentures qui reviennent presque aussi cher que les tapisseries les mieux cotées.

Jacques n'avait jamais visité de fabrique de papiers peints, aussi ce travail, nouveau pour lui, l'intéressa-t-il au plus haut point.

Il appliqua toute son attention à comprendre l'utilité de ces mille et mille rouages, et grâce à sa haute intelligence, il eut vite fait de pénétrer les arcanes de ces mécanismes mystérieux.

Attentivement, il écouta les explications que M. Milon lui donnait, et après une demi-heure, la fabrication de papier peint n'avait plus aucun secret pour lui.

M. Milon était enchanté.

Il ne cacha pas à Jacques son étonnement.

— Maintenant, je commence à croire que vous aviez raison, dit-il au notaire, c'est une perle que vous me donnez là.

On traversa la route et l'on pénétra chez les dessinateurs.

C'était une immense salle blanchie à la chaux, éclairée par le haut, à la façon des ateliers, et où une quarantaine de jeunes gens, vêtus de grandes blouses blanches, travaillaient d'après les indications d'un directeur.

— Je vais vous présenter notre chef dessinateur, dit M. Milon. Vous aurez souvent affaire à lui. Et je vous le signale comme d'un commerce non seulement agréable, mais encore unique. M. Joubard est un homme de grand talent, comme vous pourrez vous en convaincre, mais c'est surtout un honnête homme, vous allez le voir.

Une petite porte, dans le fond de la salle faisait communiquer celle-ci avec un atelier où se tenait un homme petit et gros qu'on aurait plutôt pris pour un bouvier que pour un artiste.

— Monsieur Joubard, dit M. Milon, tandis que le gros homme saluait.

Puis présentant Jacques.

— Monsieur Jacques Dubourg, que je prends comme contremaître et à qui vous obéirez comme à moi-même, et que je vous présente comme un brave garçon.

M. Joubard tendit sa main à Jacques, une grosse patte courte et velue, que l'on s'étonnait de voir si délicate quand elle maniait le pinceau ou le crayon.

Puis on passa chez les comptables.

— Vous avez vu M. Joubard, dit M. Milon à Jacques, maintenant je vais vous présenter Michel Cordier. C'est un jeune homme d'avenir, un bûcheur, sortant de l'École des Arts et Métiers. Je me repose complètement sur lui pour toute la partie technique de la fabrique et j'ai en lui la plus grande confiance. D'ailleurs le voici !

Un jeune homme s'avançait, grand, mince et complètement imberbe.

Il pouvait être de l'âge de Jacques.

Son teint pâli, la grandeur inusitée de son front, ses pommettes saillantes et la puissance de son maxillaire trahissaient une volonté en même temps qu'une ambition indomptables.

Les deux jeunes gens se serrèrent la main.

Mais, tandis qu'en serrant la main de Joubard, Jacques avait perçu comme la chaleur d'une étreinte amicale qui lui montait au cœur, en prenant celle de Cordier, il ne sentit qu'une main maigre et froide qui le glaça.

Instinctivement il avait deviné que Joubard était un ami, instinctivement il comprenait que Michel Cordier le détestait.

Pourquoi ?

C'est ce qu'il ne chercha pas à comprendre.

On ne raisonne pas avec ses sensations.

La visite se termina par les magasins et les entrepôts, et l'on allait retourner à la maison, lorsque tout à coup :

— Et votre pavillon ? dit M. Milon.

C'était à l'autre bout de l'usine, du côté opposé à la villa particulière de M. Milon, un petit cottage coquet, planté au milieu d'un jardinet abandonné et inculte.

Ce pavillon se composait d'une cuisine et de deux petites pièces et, en haut, d'une grande chambre.

Mais de ses fenêtres, la vue était splendide, s'étendant sur tout un panorama de petites collines sur lesquelles on apercevait La Garde, Clansaye, Saint-Restitud et d'ici de là quelques-unes des vieilles tours en ruines dont se hérisse le pays tricastinois.

— Le pavillon a besoin de réparations, dit M. Milon, mais je vais vous faire restaurer tout cela.

— Et je serai comme un roi ! ajouta Jacques, enchanté de sa nouvelle demeure.

— Et maintenant, dit M. Milon, puisque tout le monde est content, allons déjeuner.

On se dirigea vers la maison.

Le couvert était mis dans la petite salle à manger, en face du salon où Jacques et le notaire étaient entrés le matin.

On avait baissé les stores, car le soleil était violent, en sorte qu'une certaine obscurité régnait dans la pièce.

Jacques, aveuglé par la lumière du dehors, ne distingua que vaguement deux femmes qui achevaient de disposer le couvert.

Néanmoins, à tout hasard, il salua.

— Maintenant que je vous ai présenté les employés de la fabrique, dit M. Milon, que je vous présente à ma famille.

Et s'adressant aux deux personnes qui s'étaient avancées vers le notaire :

— Monsieur Jacques Dubourg, un ami de maître Monin, qui va devenir notre contremaître.

Puis se tournant vers Jacques :

— Mademoiselle Honorine, ma sœur, et ma fille Suzanne. — Et maintenant, à table !

On s'assit.

Habitué à la demi-obscurité de la salle à manger, Jacques maintenant considérait les deux femmes.

M^lle^ Honorine était petite et mince, et sa figure maigre s'encadrait de bandeaux noirs. Elle paraissait avoir de trente-cinq à quarante ans et semblait excessivement nerveuse, vive et remuante.

Pour M^lle^ Suzanne Milon, dès l'abord, Jacques fut frappé de sa beauté.

Elle était petite aussi, et très brune, mais sa taille, sans perdre de son élégance, était ronde et bien pleine ; on devinait un corps bien en chair, et son teint était d'une blancheur éblouissante. Un charme mystérieux se dégageait d'elle, et sa figure, aux traits idéalement purs, avait quelque chose d'inexplicable et de très particulier dont Jacques fut longtemps à reconnaître la cause : c'était tout simplement le contraste frappant entre les cheveux d'un noir chaud et les yeux d'un bleu très pur et très clair, couleur de ciel.

Le dîner était remarquablement servi et la conversation ne languit point.

M^lle^ Honorine, tout en surveillant le service, causait, causait, tenant tête à maître Monin, qui avait pourtant la langue bien pendue, comme on le disait à Pierrelatte.

M. Milon avait l'appétit formidable de l'homme content de soi; il mangeait solidement, tout en prenant part à la conversation et en riant aux plaisanteries de sa sœur qui était une personne très gaie.

Seule, M^lle^ Milon se taisait. Etait-ce par morgue, par dédain ? ou M^lle^ Suzanne avait-elle le caractère naturellement taciturne et mélancolique ?

C'est ce que Jacques se demanda un instant, sans attacher trop d'importance à la solution de ce problème psychologique.

Cependant, une minute, M^lle^ Milon parut s'éveiller de la torpeur où elle se complaisait. Sa figure s'anima, ses yeux brillèrent, sa froideur sembla se fondre un instant.

On parlait musique, et M^lle^ Honorine interrogeait Jacques sur les maîtres contemporains, demandant des détails sur leur intimité.

Et Jacques avait répondu, emballé sur son dada, une minute revivant son rêve.

Mais ç'avait été un éclair, bientôt M^lle^ Milon était retombée dans son mutisme et dans son apathie ; elle avait même, — oh ! si doucement que cela passa inaperçu, — elle avait même esquissé un léger haussement d'épaules, comme pour dire :

— A quoi bon?

Tout en parlant, Jacques avait suivi ce manège, et cela l'avait surpris.

— Drôle de petite fille! avait-il songé.

Et il s'était promis d'interroger maître Monin à son sujet.

Cependant, le déjeuner s'achevait ; on passa dans le salon où le café était servi.

En entrant, le Pleyel qui l'avait frappé le matin, ouvert maintenant, attira encore les yeux de Jacques.

Et dans la demi-teinte du salon, l'éblouissement de ses touches était comme un sourire à son adresse. Une minute Jacques considéra ce piano, songeur, et un désir le mordit de s'asseoir sur ce tabouret, de réveiller l'âme de ce pauvre muet, et de lui faire chanter les hymnes glorieux des maîtres... Il se contint cependant ; mais M^lle^ Honorine dit :

— Serait-ce trop vous demander, Monsieur, que de nous jouer quelque chose ?

Jacques accepta.

Et dans le petit salon, au milieu des midis assoupissants, il joua la neuvième symphonie de Beethoven, cette page immortelle où semble planer l'âme de toute l'humanité.

Transportés par une telle maëstria, M. Milon. Honorine et maître Monin écoutaient frémissants.

La symphonie s'acheva, dans un cri d'agonie, et, soudain, dans le silence écrasant qui suivit, on entendit :

— Mon Dieu ! mon Dieu ! que c'est beau !

C'était Suzanne qui pleurait.

Mais, sous les regards qui se posèrent sur elle, elle secoua la tête, et, malgré les larmes qui sillonnaient sa blanche figure si idéalement pure, haussant les épaules, elle sourit.

Elle avait honte de ce cri involontaire arraché à son admiration.

Et Jacques comprit que la froideur de cette jeune fille n'était qu'un masque que la force de l'art venait de lui arracher.

— Drôle de petite fille, reprit Jacques, comme il l'avait dit tout à l'heure.

Mais, à présent, sa religion était éclairée, et il était bien près de percer le mystère dont s'enveloppait l'âme de cette enfant.

Cependant, il était temps de retourner à Pierrelatte, comme le fit remarquer maître Monin ; il avait du travail à son étude et la route était longue.

— Vous allez partir ainsi, pendant la grosse chaleur ?

— Oh! nous ne craignons pas le soleil, nous y sommes habitués ; nous sommes ses enfants dit le notaire en riant.

— Alors quand venez-vous prendre votre service ? demanda M. Milon.

— Mais quand il vous plaira répondit Jacques Je suis libre et le plus tôt sera le meilleur.

— Alors, lundi ; nous sommes aujourd'hui mardi : ça va-t-il ?

— Ça va parfaitement.

Un homme venait d'amener le cabriolet.

— A lundi, dit M. Milon..

Jacques serra la main de M. Milon, s'inclina devant Mlle Honorine, qui, sans façon lui tendit la main, et salua Mlle Suzanne.

A peine répondit-elle à ce salut, feignant de s'occuper d'un détail de l'attelage.

La voiture partit.

— Quelle drôle de petite fille ! fit Jacques pour la troisième fois, mais maintenant, exprimant son idée à haute voix à l'adresse du notaire.

— Tu parles de Suzanne ? dit celui-ci.

— De Mlle Milon, fit Jacques.

— En effet, continua le notaire, c'est un drôle de corps, je l'ai connue haute comme ça, autant dire que je l'ai vue naître et je t'assure que rien ne faisait prévoir qu'elle deviendrait la petite personne ennuyeuse qu'elle est aujourd'hui.

— Oh ! ennuyeuse ? le mot est bien gros, protesta Jacques.

— Eh bien, tu m'en diras des nouvelles, quand tu seras depuis une huitaine à la fabrique. Quand elle était petite, c'était un amour, gaie, souriante et bavarde, et diable !... D'ailleurs, tu as pu t'en rendre compte, c'est de famille. Puis, Mademoiselle a été mise en pension, chez les Trinitaires, en Avignon ; il y a deux ans, quand elle est revenue, tout à coup elle s'est mise à faire la tête que tu as vue. On a essayé de tout : voyages, distractions, rien n'y a fait. Mademoiselle s'ennuie, Mademoiselle boude. Ça a d'abord fait le désespoir de son père, mais à présent on n'y fait plus attention.

— Et à quoi attribuez-vous ce changement ?

— Ma foi, je n'en sais rien, et puis, dans le fond, je m'en moque. J'ai fait comme le père et la tante, j'en ai pris mon parti.

Et comme pour mieux marquer l'indifférence où le tenait Mlle Milon, maître Monin fouetta son cheval qui partit au galop.

Il se fit un silence.

Jacques pensait à Suzanne, puis la scène du salon lui venait à l'esprit.

Le cri : « Mon Dieu, que c'est beau ! » arraché au mutisme glacial de la jeune fille, revenait à sa pensée.

Il fut sur le point d'en parler à maître Monin, mais il se tut, ne voulant point paraître porter une trop grande attention à Mademoiselle Milon.

Le notaire interrompit le cours de ses pensées.

— De bien braves gens, ces Milon !

— Oui, fort aimables. Je crois que je serai heureux avec eux.

— Comme un coq en pâte, fit le notaire. Et tu sais, partis de rien, ces gens-là qui sont riches à millions. Le père Milon était maréchal-ferrant à Saint-Paul. Oui, maréchal-ferrant, un méchant ouvrier de quatre sous, qui ne pouvait arriver à joindre les deux bouts. Il avait deux enfants, Ferdinand et Honorine : celui-là de dix ans plus âgé que sa sœur. Jusqu'à sa première communion, Ferdinand a fréquenté l'école des Frères ; puis, à douze ans, il est parti pour apprendre le métier de mécanicien, et on ne l'a plus revu. Un beau jour le maréchal-ferrant est mort. Ferdinand avait dix-huit ans. On le vit revenir ; c'était un Monsieur ; on disait qu'il était à Paris, chez un grand mécanicien, qu'il inventait des machines et qu'il gagnait ce qu'il voulait. Après l'enterrement, il partit, emmenant Honorine, et dix ans après, il revint riche comme un Crésus, monter une usine de papiers peints. Il faut te dire que dans l'intervalle, il s'était marié avec la fille de son patron, une jeune Américaine qui lui avait apporté une assez jolie dot, on parle d'un million. Puis, la mère mourut en mettant au monde Suzanne, et Honorine se consacra à l'éducation de cette enfant, refusant les partis qui se présentaient, car tu comprends que son frère lui aurait fait une jolie dot. Hein ! que dis-tu de cette histoire ? Ne dirait-on pas un conte de fées?

— Oui, un vrai conte de fée, répondit Jacques machinalement.

Mais son esprit était ailleurs.

Il songeait au hasard mystérieux qui préside aux destinées humaines, qui faisait un millionnaire de ce fils de forgeron, en sorte qu'il était obligé d'aller demander son pain au fils d'un homme dont son grand père avait jadis payé le travail.

Mais dans cette pensée il n'entrait aucune idée de haine ni de basse envie.

C'était la grande balance humaine dont Jacques admirait le haut et le bas, comme s'il n'en était pas la victime vivante, le principal intéressé.

Le notaire continuait :

— En tout cas, de braves gens, ces Milon. Tu le verras d'ailleurs. Cette Mademoiselle Honorine est une véritable sœur de charité, toujours courant de-ci de-là à la découverte de quelque misère à soulager. C'est la Providence du pays. Quel dommage que cette famille aboutisse à une toquée comme leur Suzanne.

On était arrivé.

— Je rentre chez moi, dit maître Monin, tu présenteras mes amitiés à ta mère.

Et Jacques pénétra chez lui murmurant :

— Toquée !, toquée !... il doit y avoir quelque chose là-dessous !

## III

### GEORGES

En rentrant chez lui, une surprise attendait Jacques.

Tandis qu'il accrochait au porte-manteau son chapeau et son pardessus, il entendit dans le jardin comme des rires heureux et des éclats de voix joyeuses.

Cela le surprit, car depuis un mois que son père était mort, c'était la première fois que les échos de la vieille maison semblaient retentir d'un aussi gai tapage.

Il traversa la salle à manger, pénétra dans le jardin et s'arrêta étonné.

Georges était là avec sa sœur.

Comment Georges était-il à Pierrelatte ; il ne devait y venir que dans un mois ou deux.

Cependant, au bruit qu'avait fait la porte, Jeanne et Georges s'étaient retournés.

— Jacques !

Et Georges s'était avancé pour serrer la main de son grand ami, de son futur beau-frère.

— Toi ! fit Jacques. Et par quel hasard ?

— Un heureux hasard, répondit Georges. Figures toi que mon capitaine veut prendre son congé dans un mois, alors j'ai devancé le mien.

— En sorte que tu es ici pour...

— Un mois.

— Et d'où viens-tu, qu'on ne t'a pas vu de tout le jour ? demanda la jeune fille.

Cette question embarrassa Jacques ; il avait fait part de ses projets à sa mère, qui les avait pleinement approuvés, incapable qu'elle était de comprendre le sacrifice que lui faisait son fils.

Mais jusque-là, Jacques avait évité d'en parler à sa sœur, il la savait fine, il craignait d'être deviné, ce qu'à tout prix il voulait éviter.

Il se tut une minute, se demandant s'il dirait le véritable motif de son voyage à Saint-Paul.

— Ma foi, pensa-t-il, il faudra toujours qu'elle le sache, mieux vaut en parler aujourd'hui que demain.

Alors, prenant sa figure souriante :

— Je viens de Saint-Paul-Trois-Châteaux, dit-il.

— De Saint-Paul ! Et qu'es-tu allé faire à Saint-Paul, grands dieux ?

— Ah ! curieuse ! Et si je ne te le disais pas ?

— Eh bien ! je bouderais, je ne t'aimerais plus.

— Oh ! alors, je m'en vais te le dire tout de suite : je suis allé cherché une place.

— Une place !

— Oui, une place, un emploi si tu préfères, et je l'ai trouvé, puisque je rentre lundi prochain, en qualité de contremaître, à la fabrique de papiers peints de M. Ferdinand Milon.

Jeanne et Georges se mirent à rire.

— Quelle plaisanterie ! firent-ils tous deux.

— Mais ce n'est pas une plaisanterie, je vous assure ; je rentre comme contremaître chez M. Milon, à la fabrique de papiers peints de Saint-Paul-Trois-Châteaux. Trois cents francs par mois et logé.

— Hein ! fit Jeanne ; mais c'est sérieux ?

— Tout ce qu'il y a de plus sérieux.

Jeanne regardait son frère, point encore convaincue, se demandant s'il voulait se moquer d'elle.

Mais Jacques ne riait point ; elle ne savait que penser.

— Mais enfin, m'expliqueras-tu ?

— C'est bien simple, va ! Je me suis aperçu, un peu tard peut-être, que décidément je n'avais pas le talent nécessaire pour réussir dans la musique...

Mais Georges protesta. Il avait une infinie confiance dans l'avenir de son ami, l'ayant vu à l'œuvre à Paris.

— Pas de talent, toi !

— Une certaine facilité, je ne dis pas ; mais du talent, du vrai, la flamme géniale qu'il faut pour réussir et faire son trou, non, franchement, je ne l'ai pas. Alors, tout bêtement, m'apercevant que je me suis trompé, je rebrousse chemin, voilà tout, et je prends une autre voie.

— Oh ! Jacques ! Jacques ! tu ne dis pas toute la vérité, fit Jeanne, pensive maintenant ; il y a quelque chose là-dessous.

— Oh ! ces petites filles ! fit Jacques en se tournant vers Georges ; enfin, qu'en penses-tu, toi ! ne trouves-tu pas que j'ai raison ? et qu'il vaut mieux devenir un bon employé qu'un raté qui traîne sa vieillesse dans la boue des dernières bohêmes ?...

— Oui, c'est vrai ! répondit Georges, il le vaut mieux ! quand on n'a pas assez de confiance en soi !

Mais, ainsi que Jeanne, Georges pensait que cette décision nouvelle n'était pas naturelle. Tant de fois il l'avait entendu parler de son art avec une chaleur, un enthousiasme extraordinaire, qu'il ne s'expliquait pas cette défaillance soudaine, et à part lui :

— Sûr, il y a quelque chose, songeait-il ; mais quoi ?... Il faudra bien que je le sache.

Jacques, de son côté, se rendit bien compte que ni sa sœur, ni Georges ne se rendaient aux arguments qu'il venait de leur donner, et une crainte le saisit que sa sœur ne soupçonnât la vérité et ne s'opposât à son sacrifice. Puis il songea que seuls maître Monin et M. Milon étaient dans son secret ; mais ce secret, ils le garderaient bien tous deux ; ils lui en avaient donné leur parole ; et que ma foi, si Jeanne avait des soupçons, jamais elle n'aurait de certitude, et que nul au monde ne saurait jamais que les Dubourg étaient complètement ruinés, et qu'il lui fallait travailler, lui, Jacques, pour nourrir sa mère.

Mais, cette contrainte, cette gaieté qu'il lui fallait montrer, ce masque de joie et d'indifférence qu'il était obligé de prendre pour déguiser ses rancœurs et son chagrin, le brisaient. C'était une souffrance dont il avait hâte de s'affranchir.

Aussi, prétextant des lettres à écrire, il laissa Jeanne et Georges au jardin, et se retira dans sa chambre pour être seul avec lui-même.

Jeanne et Georges, silencieux, allèrent s'asseoir sur un banc de bois, sous la tonnelle, au fond du jardin.

Si gais, si insouciants tout à l'heure, l'entrée de Jacques et les paroles qu'il venait de leur dire avaient mis comme une gêne dans leur cœur ; et ils se taisaient, songeant.

Certes, à les voir assis sur le même banc, on eut été frappé de la beauté de ce couple, si bien fait pour être uni ; elle, si mince, si élégante en sa robe de deuil qui amincissait encore sa taille, en cette robe noire qui faisait resortir la blancheur de son teint, avec sa tête petite et jolie, tout embroussaillée de cheveux blonds qui l'auréolaient d'un peu d'or ; et lui, sanglé dans son uniforme élancé, bien pris en sa tunique, les cheveux noirs, la figure comme brunie par le grand air et par le soleil avec ses yeux chauds et brillants et sa fine moustache brune.

Georges avait une âme exquise, faite de délicatesse et de dévouement, une âme de chevalier errant chimérique et sublime, prêt à toutes les folies généreuses qui font hausser les épaules aux gens sensés. S'il avait choisi le métier des armes, s'il avait si durement travaillé pour entrer à Saint-Cyr, et si, à l'école, il avait si péniblement bûché pour conserver son rang, c'était parce qu'il trouvait qu'il n'y avait rien plus noble au monde que le métier de soldat et cette carrière militaire, avec son esprit de vingt ans, il n'en voyait que les beaux côtés, le panache, le clinquant, la noblesse et les grands sentiments, n'ayant jamais songé à la banalité de la vie de mess et de garnison, mais emplissant son rêve de visions de batailles, de sang versé, de vie sacrifiée pour la patrie et pour le drapeau.

Ah! ce drapeau, ces trois couleurs flamboyantes et glorieuses, de quel amour ne l'entourait-il pas? Et comme son cœur battait quand il assistait à cette troublante cérémonie du salut au drapeau, lorsqu'un régiment entier, présentant les armes, les tambours et les clairons battant et sonnant aux champs, et qu'en pleine lumière, en plein soleil, les plis du drapeau chéri claquent au vent du soir ! Une âme de héros battait alors en sa poitrine et il se sentait prêt à tous les dévouements, à tous les héroïsmes !

Et Jeanne avait appris de lui cette noblesse et cette grandeur d'âme ; comme lui, elle ne trouvait rien de plus beau qu'un soldat.

Oh ! qu'il était noble, qu'il était pur l'amour de ces deux enfants ! et qu'en les voyant tous les deux, on comprenait bien que, pour leur bonheur, Jacques sacrifiât ainsi de gaieté de cœur la chimère de ses rêves futurs !

Mais tous deux songeaient maintenant, assis en ce fond du jardin, et la même pensée aiguillonnait leur esprit.

— Enfin, qu'en penses-tu ? disait Jeanne, car la décision de Jacques n'est pas naturelle. Lui qui aimait tant la musique, lui qui, dans quelques mois à peine, allait concourir pour le prix de Rome, abandonner ainsi son art, aller s'enfouir à Saint-Paul-Trois-Châteaux, se livrer à l'industrie !

Georges ne répondit rien.

Une lueur venait de surgir en son esprit. Il venait de se rappeler quelques mots que, ce matin, en arrivant, sa mère avait prononcés devant lui. N'avait-elle pas parlé de ruine, n'avait-elle pas dit, en le regardant, que les Dubourg avaient perdu de l'argent, beaucoup d'argent ?...

Si c'était cela ?...

Il fallait savoir.

— Je vais trouver ton frère, dit Georges, et sois tranquille, nous saurons !

Et, laissant Jeanne dans le jardin, il se dirigea vers la chambre de Jacques.

Sans façon, en ami, il entra, et, dès le seuil, il s'arrêta stupéfait.

Jacques était accoudé à son petit bureau, et le front dans la main, les cheveux en désordre, silencieusement il pleurait.

Au bruit que fit Georges en entrant, il s'était retourné, montrant sa figure ravagée par les larmes.

Georges s'approcha de lui.

— Tu ne nous as pas tout dit, fit-il doucement. Pourquoi te cacher de nous qui t'aimons tant ? surtout de moi ; ne suis-je pas ton ami, plus qu'un ami même ; ne suis-je pas ton frère ?...

Jacques voulut parler, mais les sanglots arrêtèrent sa voix, il laissa retomber sa tête dans ses mains, et longuement pleura.

Georges respecta cette douleur qu'il comprenait maintenant, et qu'il partageait fraternellement. Puis, quand il vit que Jacques se calmait, que la crise de larmes qui venait de le saisir touchait à sa fin, s'approchant de lui, le prenant amicalement par l'épaule :

— Voyons, Jacques, parle, dis-moi tout, ne me fais pas cette injure de me cacher quelque chose.

— Oui, fit Jacques lentement ; j'ai eu tort, j'aurais dû tout te dire, c'est si bon de raconter sa douleur, et cela fait tant, tant de mal de souffrir en silence, et de vouloir paraître insouciant et gai, quand on a un serpent qui vous ronge le cœur !...

Il se tut, essuyant ses yeux et rejetant sur son front ses longs cheveux qui pleuraient sur sa face amaigrie.

Puis il reprit :

— Je vous ai menti tout à l'heure ; ce n'est pas vrai que je désespère de moi, ce n'est pas vrai, car j'ai toujours confiance en mon avenir. Si j'abandonne la musique, cet art que j'aime tant, qui fait toute ma vie, non ce n'est pas de gaîté de cœur, c'est parce que j'y suis contraint, et tu vois comme j'en souffre !

— Pauvre frère ! murmura Georges.

— La vérité, tu la veux, Georges? Eh bien ! la voilà : nous sommes ruinés.

Georges tressaillit.

Il avait deviné juste.

— Ruinés ! fit-il, comme se répondant à lui-même.

— De toute la fortune de mon père, il ne nous reste que douze cents francs de rente. Et cet argent, je ne peux, je ne veux y toucher : c'est la dot de ma sœur, c'est pour elle, c'est pour toi; c'est pour que vous soyez heureux !

Georges, cette fois, se redressa :

— Comment ! C'est pour elle, c'est pour nous que tu te sacrifies !... Et moi qui n'ai rien vu, moi qui n'ai rien compris !... Oh ! Jacques ! Jacques, mon frère, pardonne-moi !

Et il se laissa tomber sur le sein de son ami, le couvrant de ses larmes. Mais il se reprit bientôt, et se dressant superbe :

— Mais je ne veux pas, dit-il, je n'accepte pas ton sacrifice. J'aime Jeanne pour elle-même ! Garde ton argent, garde ta dot, nous nous aimons assez pour pouvoir nous en passer.

— Pauvre enfant ! fit Jacques, tu n'as que ton épée, comment pourras-tu faire vivre celle que ton cœur a choisie ? Il faut une dot à un officier. Ah ! va, garde celle que t'apporte ma sœur ; elle est bien faible, et quelque grand que soit votre amour, vous aurez besoin de lui tout entier pour lutter contre les mauvais jours.

— Mais c'est ton bonheur que je te prends, Jacques, et je ne veux pas être heureux quand je sais que tu souffriras.

— Préfères-tu voir souffrir Jeanne?

— Oh ! non ! non ! murmura Georges. Tout ! tout ! plutôt que cela ?

— Eh bien ! tu le vois, il faut que je me sacrifie, il faut accepter mon sacrifice, et mon bonheur désormais sera de vous voir heureux et de penser que moi, moi tout seul, ai fait ce bonheur.

Georges ne put que murmurer :

— Merci !

Ce fut tout le combat qu'il y eut entre ces deux grands cœurs. Ame généreuse, Georges comprit le sacrifice que si simplement, Jacques faisait de son avenir, et, simplement, il l'acceptait. Cette grandeur ne le surprenait point : à la place de Jacques, il aurait ainsi agi, il ne trouvait là rien que de fort naturel, puisque c'était pour Jeanne.

Lentement il essuya ses yeux, afin que Jeanne ne vît point qu'il avait pleuré, puis il retourna au jardin.

— Eh bien ! dit Jeanne.

— Ce n'est rien, et notre esprit battait la campagne, ma Jeannette : Jacques a raison, il m'a expliqué les causes de sa décision, je les ai comprises, n'en parlons plus et soyons heureux !

Et doucement, prenant Jeanne par la taille, il l'embrassa.

Mais Jeanne n'était pas encore convaincue.

— Il me trompe ! pensait-elle. Mais attendons, je saurai bien.

## IV

### LE PREMIER JOUR

A six heures, le lundi suivant, Jacques avait pris une voiture qui, une heure après, le déposait devant la villa de M. Milon.

M. Milon l'attendait tout en fumant sa pipe et parcourant les journaux qu'on venait de lui apporter.

— Ah ! vous voilà ! Vous êtes exact, à la bonne heure !

Et, après avoir serré la main du jeune homme, il appela un domestique qui travaillait dans le fond du jardin.

— François, prenez la malle de Monsieur, là, dans la voiture, et portez-la dans le petit pavillon.

Puis, se tournant vers Jacques :

— Vous avez déjeuné ?

— J'ai pris du café avant de partir.

— En ce cas, je puis vous offrir une brioche avec un verre de vin blanc, après je vous installerai dans vos nouvelles fonctions.

Jacques revînt sur la route où la voiture attendait, paya le cocher, puis rejoignit M. Milon dans la salle à manger.

Il était sept heures ; mais sous les premiers rayons du soleil printanier, la petite villa était encore endormie, sommeillant silencieuse, au ronflement des machines qui criaient dans la fabrique à côté.

Les volets de la petite salle à manger n'avaient pas encore été ouverts, et dans ce lourd silence on percevait seulement un bruit de porcelaine : la bonne qui faisait le ménage.

M. Milon ouvrit les volets, et un torrent de lumière inonda la pièce, accrochant des paillettes aux murs, aux dorures et aux reliefs des meubles. Il ouvrit le buffet, prit une bouteille, deux verres et des brioches dans une assiette.

Jacques avait posé son chapeau et son pardessus sur une chaise, puis il s'était assis.

Cependant, M. Milon avait empli les deux verres, et, sans façon, avait approché le sien de celui de Jacques, entraîné par la vieille habitude méridionale de trinquer avant de boire.

— D'abord, dit-il, je vais vous conduire à votre pavillon. Nous l'avons un peu nettoyé, on l'a meublé, et j'espère que vous vous y trouverez bien ; puis je vous mettrai au courant du travail. Ce ne sera pas long, l'affaire d'un jour ou deux, et vous serez parfaitement à même de me remplacer.

Il prit un verre, et avant de le porter à sa bouche, il l'éleva à la hauteur de son œil pour admirer la fine couleur de son vin. Il était blond et clair, semblable à du miel liquide.

— Hein ! fit-il en son orgueil de viticulteur, vous n'en avez pas bu souvent de pareil à Paris ? Ce vin-là, c'est ma gloire ; du soleil en bouteille ; à trente lieues à la ronde, vous n'en trouverez pas un litre de semblable.

Jacques admira, pour faire plaisir à M. Milon. De fait, il n'y connaissait rien, incapable de distinguer un cru, ne s'étant jamais attaché aux sciences vinicoles. Même il fut sur le point de faire l'aveu de son ignorance au manufacturier, mais il se tut, craignant de donner de lui une idée défavorable.

Il feignit le connaisseur, goûta le vin, fit claquer sa langue, et confessa qu'en effet il était sans pareil.

Le manufacturier exultait.

— Vous êtes un connaisseur, dit-il, je vois ça. Nous nous entendrons tous les deux; je vous ferai visiter mes caves.

Il s'arrêta un instant, soupirant, puis reprit :

— Voyez-vous, ici, je ne suis entouré que de profanes ; ma sœur ne boit que de l'eau, Suzanne ne sait pas distinguer la piquette du bordeaux ; il y a encore Michel, vous savez, Michel Cordier, mon principal employé, mais il n'y connaît rien, quoiqu'il en dise. J'ai bien Joubard, un malin, mais c'est un sauvage qui reste toujours chez lui à dessiner, et c'est le diable pour lui faire accepter à dîner.

Il s'arrêta encore une fois, puis conclut :

— Voyez-vous, le vigneron a ceci de particulier qu'il ne peut être égoïste : l'amour qu'il a pour ses produits, il ne peut en jouir qu'en le faisant partager.

Et il ajouta en riant :

— Ce n'est pas comme l'avare, ou comme les amoureux !

Jacques se taisait, laissant bavarder le « brave homme ». D'ailleurs, Jacques n'était point prodigue de ses paroles : comme tous les rêveurs, il préférait écouter que parler, et c'était là encore chez lui une qualité qui devait le faire bien voir de son nouveau patron.

Enfin, M. Milon se leva ; Jacques prit son pardessus et son chapeau.

— Allons voir votre nouveau pavillon. Vous pourrez procéder aux soins de votre toilette et vous habiller, afin de pouvoir prendre votre service tout de suite.

Tous les deux sortirent, longèrent la fabrique en suivant la route, et arrivèrent au pavillon que l'on destinait à Jacques.

En entrant, Jacques s'étonna : le jardin qu'il avait vu quelques jours auparavant, abandonné, inculte, dévoré par les herbes folles, était ratissé, maintenant, propret, mis à neuf, un jardinet coquet faisant une ravissante allée à ce petit cottage.

Et le pavillon lui-même avait été repeint, tapissé, vernis et lavé. La petite pièce du rez-de-chaussée, qui devait servir de salon, était charmante avec le papier neuf et printanier qui recouvrait ses murs, ses grands rideaux de cretonne et ses quelques meubles jolis et pimpants : des fauteuils, des chaises, une table, une bibliothèque. Et soudain, Jacques tressaillit : en un coin de la salle, sous une vieille tapisserie, il venait d'apercevoir un piano.

Monsieur Milon sourit, jouissant de l'étonnement du jeune homme.

— C'est Honorine, répliqua-t-il, c'est ma sœur qui a eu cette bonne idée ; je dois l'avouer humblement, je n'y aurais pas songé moi-même. Mais ce n'est pas pour la vanter, ma sœur a de ces délicatesses... Elle a pensé qu'il vous serait agréable, le soir, quand vous serez seul, de vous débarbouiller un peu l'esprit avec de la bonne musique.

Jacques était ému, profondément ému ; il ne prit pas la peine de le dissimuler ; il remercia chaudement M. Milon, se réservant de montrer à Mlle Honorine, à première occasion, toute sa gratitude pour cette délicate attention.

Mais M. Milon était déjà au premier, précédant Jacques dans sa chambre qu'il avait hâte de lui montrer.

Là aussi on avait accompli des merveilles.

Et c'était bien la chambre la plus ravissante qu'on puisse rêver, avec ses meubles en pitchpin, son lit de milieu, faisant face à la fenêtre, d'où le matin le soleil devait venir le visiter dès son réveil.

Jacques était enchanté, et ne savait comment remercier M. Milon.

— C'est bon, c'est bon, dit celui-ci. Habillez-vous, je vous attends en bas. Et ne vous occupez pas de votre linge, ma sœur et la bonne viendront dans la journée mettre tout cela en ordre.

Jacques resta seul.

Rapidement, il ouvrit la malle que François venait de monter, prit du linge, un vêtement, et passant dans le petit cabinet de toilette attenant à la chambre où tout était préparé, il plongea sa tête dans la cuvette et lestement s'habilla.

Dix minutes après, il rejoignit M. Milon qui l'attendait en fumant une nouvelle pipe.

— Vous êtes prêt ? dit-il.

— Complètement.

— Alors, au travail.

Et ils se dirigèrent vers l'usine.

Ce fut d'abord dans les bureaux que M. Milon conduisit Jacques.

C'étaient deux grandes pièces au rez-de-chaussée, donnant sur une immense cour où se faisaient les expéditions.

Cinq employés y travaillaient. A l'entrée de M. Monin, aucun ne leva la tête, pliés qu'ils étaient sur leur travail. Seul, Michel Cordier, qui avait sa table dans un coin, abandonna le grand-livre sur lequel il écrivait, pour se diriger vers M. Milon.

Après avoir familièrement salué M. Milon, il avait tendu la main à Jacques.

— Vous voilà donc des nôtres?...

— Depuis une heure, répondit Jacques en souriant.

— Quand vous aurez besoin d'un renseignement, usez de moi, je vous en prie, je suis tout à votre service.

Michel Cordier avait une voix sèche, sans inflexion, une voix qui semblait fausse et discordante. Déjà, une fois, Jacques en avait été frappé, et à présent, cette voix lui causa comme une souffrance, comme s'il entendait grincer la corde d'un violon mal accordé.

Il remercia néanmoins le jeune homme et suivit M. Milon qui venait de rentrer dans son bureau.

Cette pièce, qui communiquait avec les bureaux par une porte vitrée et grillagée, était sobrement meublée. Une table en bois noir toute surchargée de paperasses, une sorte de bibliothèque dont un voile de lustrine verte cachait les rayons derrière les glaces poussiéreuses. Dans un coin, un coffre-fort massif, et sur la cheminée surmontée d'un buste en bronze, la poussière envahissait une montagne de courts rouleaux de papiers qui devaient être des échantillons.

Une seconde porte ouvrait sur le jardin et permettait à M. Milon de rentrer chez lui sans traverser l'usine, car sa villa était mitoyenne de cette cour, et une poterne basse avait été percée dans le mur.

— C'est ici que vous travaillerez, dit M. Milon à Jacques : voici votre place.

Et il lui montra, devant une fenêtre, une simple table en bois jaune, toute neuve, évidemment placée là exprès pour lui.

— Voilà, continua M. Milon. Le matin, vous serez ici à sept heures. D'abord, vous dépouillerez le courrier, que vous parcourrez rapidement. Vous donnerez à Michel toutes les commandes, en ayant soin d'en prendre note; vous classerez le reste sur mon bureau, pour le moment du moins, car j'espère que dans un mois ou deux, vous serez assez au courant des choses de la maison pour expédier vous-même les affaires. Cela fait, vous passerez dans les ateliers et veillerez sur la présence et le travail des ouvriers. Joubard vous donnera pour cela les premiers renseignements. Ensuite, vous répondrez aux lettres dont j'aurai pris connaissance, et le soir vous vous occuperez à surveiller les expéditions. Vous le voyez, tout cela n'est pas bien difficile ni bien absorbant, et je suis persuadé que vous y ferez merveille.

— Je ferai tout mon possible, du moins pour vous satisfaire, répondit Jacques, et j'espère bien qu'avec l'aide et les conseils de ces Messieurs j'arriverai à un bon résultat.

Et tout de suite, prenant le volumineux courrier que l'on avait placé sur le bureau de M. Milon, il se mit à le dépouiller.

M. Milon parut ravi de ce zèle, il tourna deux ou trois minutes dans son bureau, puis doucement il ouvrit la porte et s'esquiva vers ses vignes qui, verdoyantes, s'étageaient sur la colline en face, heureux de pouvoir se dégager un peu du souci des affaires.

M. Milon était un homme actif, un travailleur infatigable, qui depuis vingt ans avait concentré sur sa fabrique tous ses efforts et toute son énergie. Depuis l'âge de douze ans, où il avait quitté Saint-Paul-Trois-Châteaux pour s'en servir à Lyon apprendre le métier de mécanicien, M. Milon n'avait jamais vécu que dans le monde de l'industrie et de la mécanique, où son esprit était exclusivement entraîné.

Intelligent, il avait fait des merveilles, créé des machines nouvelles, perfectionné des anciennes, et, lentement, avait solidement étayé une fortune qu'un riche mariage n'avait fait que consolider.

Ayant toujours vécu au milieu des machines, il semblait que son idéal ne dût aller plus loin. Pourtant, vers la quarantaine, un goût irrésistible l'avait attiré vers l'agriculture, la viticulture surtout. Morceaux par morceaux, il avait acheté un lopin, puis peu à peu, il l'avait agrandi et bientôt, il s'était trouvé un des plus riches propriétaires du pays.

Mais la fabrique l'attachait, le retenait enchaîné dans ses machines, et bien souvent une envie folle de s'échapper, de tout lâcher, l'avait saisi en contemplant ces collines qui lui appartenaient et que de son bureau il apercevait radieuses et verdoyantes, semblant l'appeler de leurs mille ceps tordus pareils à des bras invitateurs.

Un jour vint enfin où il put consacrer à ses vignobles un peu de ce temps que la fabrique réclamait impérieusement. Un parent très éloigné, né à Saint-Paul-Trois-Châteaux, fils de pauvres gens, tenu au collège grâce à ses libéralités, venait de sortir des Arts et Métiers avec un bon numéro.

C'était Michel Cordier, qu'il prit avec lui, et sur qui il se reposa désormais de tout le tracas, de tout le souci matériel de sa fabrication.

Alors, il put s'adonner à sa passion : courir ses vignes, surveiller ses journaliers, presser les vendanges, faire son vin, vivre enfin cette vie champêtre dont le goût, pour lui être venu tard, n'en était pas moins impérieux en son âme.

Mais, néanmoins, la fabrique le réclamait toujours.

Michel Cordier, bien qu'intelligent, dévoué, travailleur, ne pouvait suffire; il fallait trouver quelqu'un qui pourrait le suppléer, lui le patron ; quelqu'un d'intelligent, mais surtout de très honnête, sur lequel il pourrait sûrement compter.

Ce quelqu'un, il venait de le découvrir dans Jacques Dubourg. Me Monin le lui avait recommandé si chaudement, et il avait une telle confiance en Me Monin, qu'il ne douta pas une seule minute d'avoir trouvé « la pie au nid », comme il le disait en son langage si imagé de méridional.

Aussi, c'est le cœur léger qu'il venait de partir pour sa vigne, laissant là Jacques en train de dépouiller le courrier du matin.

Courageusement, Jacques s'était mis au travail.

Le découragement, la faiblesse, la défaillance de la veille avaient disparu, ne lui laissant au cœur qu'un vif désir de travailler, d'être utile à cet homme de bien, à ce M. Milon qui venait de le recevoir paternellement.

Rapidement, il dépouilla toute la correspondance, et comme on le lui avait recommandé, il prit les commandes, qu'il remit à Michel Cordier, puis il monta chez M. Joubard afin de prendre ses instructions.

Après avoir traversé les ateliers, où les dessinateurs étaient courbés sur leurs planches, doucement il vint frapper à la porte de M. Joubard.

Une grosse voix cria :

— Entrez !

D'abord, M. Joubard ne le reconnut point ; il était un peu myope, et d'ailleurs, si distrait.

Jacques dut se nommer.

— Ah ! je vous demande pardon !... En effet, je vous *remets* maintenant. Alors, vous voilà installé.

— Depuis ce matin. Et je vous serais très obligé de vouloir bien me mettre un peu au courant des travaux en train, afin que je puisse faire un tour dans la fabrique, comme M. Milon me l'a recommandé.

— Je vais faire mieux, dit M. Joubard, je vais vous accompagner.

La visite dura une heure, car les explications furent longues ; mais enfin, Jacques finit par être complètement au courant du travail de surveillance qu'on exigeait de lui. L'expérience lui viendrait ensuite, assurait M. Joubard, et en quinze jours, il en saurait autant que lui-même.

Il était dix heures et demie.

Jacques retourna au bureau, après avoir serré la main de M. Joubard, vers lequel, inconsciemment, il se sentait attiré par une vive affection.

M. Milon l'attendait depuis quelques minutes. Il avait pris connaissance des lettres posées sur son bureau, et, rapidement, indiqua au jeune homme le sens dans lequel on devait y répondre.

Il allait sortir, déjà il était sur le seuil de la porte, quand se ravisant :

— A propos, vous déjeunerez à la maison. C'est à onze heures et demie précises.

— Mais, Monsieur, je ne sais si je dois... murmura Jacques.

— C'est sans façon. Vous prendrez ensuite vos dispositions pour vos repas, soit que vous vouliez manger chez vous ou que vous préfériez prendre vos repas à la cantine installée dans l'usine pour les employés de bureau et les dessinateurs, car Saint-Paul est loin et l'on ne peut y prendre pension. Je pense que, vu vos fonctions, il serait plus convenable que la cantine vous apportât vos repas chez vous. Honorine est de cet avis. Mais ce sera comme vous voudrez.

Et sans attendre la réponse, M. Milon repartit.

Il était tout regaillardi par cette liberté nouvelle et ne pouvait tenir en place dans sa hâte d'en profiter.

Jacques répondit aux lettres.

Onze heures et demie sonnèrent qu'il avait à peine achevé son courrier.

Jacques se hâta, ne voulant pas faire attendre M. Milon, et, pour arriver plus vite, il passa par la petite porte percée dans le mur mitoyen et qui, le jour, n'était fermée qu'au loquet.

Ce fut Mlle Honorine qu'il aperçut d'abord dans la petite salle à manger, finissant de disposer le couvert.

— Eh bien, fit-elle en l'apercevant, commencez-vous à vous mettre au courant ?

— Oh ! répondit Jacques, la besogne n'est pas bien difficile. Et d'abord, laissez-moi vous remercier de toutes vos délicatesses. La façon coquette dont vous avez arrangé mon pavillon, tout le souci que vous vous êtes donné pour moi, et surtout...

— Le piano, interrompit Mlle Honorine.

— Oui, surtout le piano. Ce m'a été une joie très douce de trouver ce piano installé chez moi, et certes le plaisir que j'éprouverai à en jouer le soir sera doublé par la pensée que c'est à vous que je le devrai.

— Méfie-toi, Honorine, dit M. Milon qui entrait. Je crois que M. Dubourg te fait la cour.

— Oh ! je suis tranquille ! répondit Mlle Honorine en riant, mes quarante ans me protègent solidement.

A ce moment Suzanne entra.

Silencieusement, elle embrassa son père, puis, indifférente, d'un imperceptible mouvement de tête, elle salua Jacques qui venait de s'incliner devant elle.

On se mit à table.

La conversation alla son train, roulant sur mille choses, l'usine, la correspondance du matin, la vigne que M. Milon avait visitée ; la musique et les grands musiciens, dont Mlle Honorine était avide de connaître les détails d'existence ; puis on parla des ouvriers, des pauvres gens; Mlle Honorine, dont la charité était infatigable, s'attendrit sur le sort d'une famille qu'elle avait visitée le matin, et Jacques avait à peine le temps de placer un mot entre M. Milon et sa sœur, qui parlaient, parlaient, s'interrompaient mutuellement, dépensant leurs forces toute leur énergie méridionale, en un flux, un torrent de paroles qui noyaient Jacques, l'étourdissaient, l'éblouissaient.

Seule, Suzanne se taisait, mangeant silencieuse, semblant écouter, mais loin peut-être de la conversation, perdue dans l'infini de ses rêves.

Une minute, Jacques se demanda si ce silence dédaigneux n'était point à son adresse, si une haine sourde et inexplicable ne germait point contre lui dans le cœur de la jeune fille. Mais il ne s'arrêta pas à cette pensée, se souvenant des paroles du notaire, et comprenant d'ailleurs que l'attitude de Mlle Milon devait lui être habituelle, puisque ni son père ni sa tante n'y prêtaient attention, qu'ils en avaient comme pris leur parti, l'acceptaient, dans l'impossibilité où ils étaient de la combattre.

Le dîner s'acheva; on avait pris le café dans la salle à manger, et Jacques se leva pour aller reprendre son travail.

— Alors, fit Mlle Honorine, qu'avez-vous décidé pour vos repas ?

— Mais, ma foi, Mademoiselle, je les prendrai chez moi. Je crois, avec M. Milon, que ce sera plus convenable.

— En effet, dit Mlle Honorine, car M. Joubard est marié et mange chez lui ; Michel est chez sa mère, et par conséquent vous seriez seul à la cantine avec les dessinateurs et les employés, et ma foi ! il serait à craindre que cette promiscuité ne fût préjudiciable à l'autorité dont vous avez besoin.

— Je le pense, en effet !

— C'est entendu. Ne vous occupez de rien. Je passerai à la cantine et donnerai des ordres pour qu'on vous serve vos repas chez vous.

M. Milon était déjà parti.

Jacques salua Mlle Honorine et Mlle Suzanne.

Sans une seule parole, celle-ci se contenta de s'incliner si légèrement qu'à peine le mouvement de sa tête fut visible.

Jacques regagna le bureau par la petite porte de communication.

L'indifférence, le dédain de Mlle Suzanne torturaient vaguement son esprit, lui étaient comme une sourde souffrance. Son attitude tranchait tellement avec le bon sourire, l'accueil si bienveillant de M. Milon et de Mlle Honorine !

— Bah ! se dit Jacques, vais-je me torturer l'esprit maintenant pour cette toquée, comme dit Me Monin.

Et il rentra au bureau.

L'après-midi passa rapidement.

Certes, le travail dont M. Milon l'avait chargé n'était pas très difficile, mais il y avait de quoi occuper toute la journée d'un homme actif. Aussi, le soir, au coup de six heures, quand les ouvriers quittèrent la fabrique, et qu'il regagna son pavillon, Jacques n'avait pas perdu sa journée. Il était au courant maintenant de sa besogne et allégé du souci qui l'avait torturé, de savoir s'il pourrait se montrer digne de la confiance que M. Milon avait placée en lui.

Rapidement il dîna, puis, fatigué, il se coucha de bonne heure et s'endormit comme un homme heureux.

## V

### LE SECRET D'UNE AME

Les jours s'étaient écoulés, une quinzaine presque, et maintenant Jacques Dubourg était au courant de son travail, en pleine possession de son usine, qu'il dirigeait tout seul, ayant à peine besoin de consulter M. Milon de temps en temps pour des questions délicates.

Et il vivait heureux dans un petit pavillon, oubliant son rêve, se donnant tout entier à son travail qui l'absorbait, le laissait sans force, le soir, brisé, incapable de penser.

Et dès neuf heures, il se couchait, moulu, mais heureux, pour se lever avec le jour.

M. Milon était enchanté de lui, et libre de sa vie maintenant, s'adonnant avec fureur à ses vignes, il vantait à tout le monde son nouvel employé, une perle, une vraie perle, qu'il devait à Me Monin à qui il vouait une reconnaissance éternelle.

Quatre ou cinq fois déjà il avait invité Jacques à sa table, le traitant en ami, en fils, bien plus qu'en simple employé salarié.

Et, mis à l'aise par la bonhomie de M. Milon et la bonté de Mlle Honorine, Jacques se sentait chez lui dans cette maison vraiment amie.

Seule, Mlle Milon conservait devant lui une attitude de dédain et d'indifférence, demeurant silencieuse et cérémonieuse comme au premier jour, ne lui ayant pas une fois adressé la parole, se contentant de le saluer d'un imperceptible mouvement de tête, sans un mot, sans un sourire.

D'abord, Jacques avait été gêné de cette résistance, de cette froideur au milieu de la chaude affection dont il se sentait entouré. Mais bientôt il en avait pris son parti, et maintenant il n'y prêtait aucune attention, imitant en cela M. Milon et Mlle Honorine.

A la fabrique, sa douceur, sa politesse l'avaient vite fait aimer par tout le personnel, ouvriers et employés, qu'il traitait sans morgue, mais sans familiarité, usant de beaucoup de tact, sachant se mettre à sa place, en employé qu'il était, mais en employé supérieur.

D'ailleurs, comme on le lui avait recommandé, il ne frayait avec personne, vivait tout seul, ne fréquentant les uns et les autres que pour les besoins du service.

Les deux personnes avec qui il était en continuelles relations étaient Michel Cordier et Joubard.

Mais tandis que Joubard l'avait bien vite pris en amitié, attiré par la chaleur de son caractère, Michel Cordier était resté impénétrable, correct avec lui, mais avec un certain air de se garder, de ne point se livrer, limitant ses relations avec le contremaître aux seules conversations nécessaires, aux entrevues nécessitées par l'intérêt d'une bonne besogne.

Même Jacques avait remarqué chez Michel Cordier comme une certaine antipathie, un éloignement, qui faisait que ce dernier l'évitait. Et dans le fond, Jacques se félicitait de cet état de choses. Michel Cordier, dès le début, dès la première présentation, ne lui ayant point plu, avec son air faux, sa mine en dessous et sa voix discordante.

Au contraire, le père Joubard, comme on disait à la fabrique, l'avait attiré dès le premier jour, et maintenant c'était une véritable affection quil avait pour lui, ayant appris à le connaître, à le fréquenter journellement, et surtout ayant connu son histoire.

Oh! bien simple, son histoire, celle du brave homme qu'il était.

C'était dans Vaucluse, en un coin du Comtat, près d'Avignon, que Joubard était né, d'une pauvre famille de cultivateurs où lui, quatrième enfant, avait apporté la gêne plutôt que la joie. Lentement, il avait poussé en pleine nature, fréquentant à peine l'école, en hiver, alors que les travaux des champs laissaient un peu de répit. En sorte qu'à douze ans, son instruction était des plus rudimentaires, qu'il lisait péniblement et savait à peine former ses lettres. Mais à vivre ainsi, en pleins champs, derrière la charrue ou au milieu des moutons, une grande passion lui était venue pour les êtres et les choses ; et c'était surtout les fleurs qu'il adorait, ces fleurs du Comtat, dont les collines s'embaument à la tombée de la nuit et qui répandent sur toute la région comme une odeur de cassolette. Et tant était grand cet amour pour les fleurs, qu'inconscient, sans y songer, il s'était plu à les reproduire sur les murs, avec du charbon volé à l'âtre paternel et c'étaient des essais informes, naïfs où néanmoins on pouvait distinguer une âme artiste et le premier balbutiement d'un talent qui s'ignorait.

Un jour, enfin, ce talent avait éclaté. Monseigneur l'archevêque d'Avignon était venu dans le village, en tournée de confirmation ; on lui avait parlé de ce jeune pastour, on lui avait montré ses essais, et le prélat en avait été surpris. Il avait fait appeler le jeune Joubard, son intelligence l'avait frappé et il avait promis de s'occuper de lui.

Mais des jours étaient passés, peut-être des semaines, la promesse du prélat avait été oubliée et le pastour avait continué sa vie.

Puis, un matin, on l'avait appelé à Avignon, on l'avait fait entrer à l'école, des professeurs lui avaient été donnés, et le berger était devenu un artiste, un grand artiste, dont les œuvres avaient émerveillé le Comtat.

Mais c'était surtout dans les fleurs qu'il restait inimitable, ayant conservé de sa jeunesse, cet amour, cette passion pour l'œuvre divine de Dieu. Il avait vingt ans, et un bel avenir s'ouvrait devant lui ; il aurait pu choisir, aller à Marseille, à Paris même, où de grandes maisons tentaient de se l'attacher. C'était le moment où M. Milon fondait son usine de papiers peints, et il était entré chez M. Milon, avec des appointements moindres sans doute, mais préférant son pays, l'air des champs, la nature, à la grande ville qui lui faisait peur, car Joubard était un naïf, un simple. Puis les vieux étaient là, et le père et la mère, qu'il ne voulait pas abandonner, et malgré les promesses, il était resté à l'usine.

Puis il s'était marié, et ce mariage était encore celui du simple et du naïf, qui épousait l'amie d'autrefois, la petite paysanne à laquelle il s'était fiancé en sa jeunesse, et qu'il prenait pauvre et sans dot, avec seulement sa beauté et son amour, alors qu'il aurait pu choisir, gagnant assez, étant assez riche pour épouser une demoiselle.

Et maintenant, sa vie était douce et calme, et si heureuse entre sa femme, qui l'aimait comme au premier jour, et sa mère, bonne vieille en coiffe arlésienne, qu'il avait recueillie chez lui à la mort de son père.

Il s'était fait construire un petit chalet sur le penchant de la colline de Châtillon, en plein bois de chênes, un chalet planté au milieu d'un grand jardin tout fleuri, son orgueil et sa joie. Et là, il vivait heureux, sans souci, à l'abri contre les mauvais jours, occupant les loisirs que lui laissait la fabrique à jardiner ou à peindre, mais jardinant et peignant pour lui seul, n'ayant jamais voulu cueillir une fleur ou vendre une aquarelle.

S'il ne voulait point qu'on cueillît ses fleurs, ce n'était point par égoïsme, mais par bonté seulement, sa tendresse s'étendant aux choses comme aux êtres, et son âme saignant à la pensée que ses roses s'en iraient s'étioler dans quelque vase, alors qu'elles poussaient si vives, si éclatantes et si embaumées dans le grand air et le soleil de son jardin.

Tel était ce Joubard, cet homme velu et ventru, l'air du gros paysan qu'il était, et qui cachait en cette enveloppe grossière une âme si tendre, si exquise, si poétique !

Jacques lui avait voué une affection mêlée de respect et d'admiration.

Joubard, de son côté, n'avait pas tardé à s'intéresser à ce jeune homme, dont le visage franc et le caractère droit lui avaient plu dès l'abord, et peu à peu, avec sa rudimentaire psychologie de brave homme, faite plus d'intuition que d'observation, il avait fini par découvrir dans Jacques une âme pleine de délicatesse et de sentiment. Peu à peu, ils s'étaient liés, et une telle sympathie les unissait maintenant, que ce dimanche-là, Joubard, rompant avec ses vieilles habitudes de sauvegerie, avait invité son jeune ami à venir dîner chez lui sans façon, à la fortune du pot.

De grand matin, Jacques s'était levé et était descendu à Saint-Paul pour assister à la messe dans la vieille cathédrale, qu'on lui avait indiquée comme un des rares chefs-d'œuvre du style roman. Et en effet, cette lourde architecture l'avait ravi, avec ses masses de pierre sans ornement, grandioses et nues, symbolisant la foi robuste du moyen âge.

Durant l'office, la voix gigantesque des orgues, bien que maladroitement maniées par un artiste inexpérimenté, lui avait occasionné comme une blessure à l'âme, éveillant en lui les rêves mal contenus par ses semaines de travail. Mais il avait surmonté cette minute de regrets angoissants, s'intéressant aux détails de la messe célébrée par un vieux prêtre, et il s'était plu à évoquer les pompes défuntes, alors que Saint-Paul, vieille ville fortifiée, capitale du Tricastin, était la résidence d'un évêque, et que, dans cette même cathédrale, si pauvre, si humble aujourd'hui, se déroulait tout le faste des fêtes religieuses.

A la place de cet humble et chétif desservant, son imagination lui montrait, debout devant l'autel, un de ces puissants évêques de jadis dont la force spirituelle se doublait du pouvoir temporel et il le voyait, tout chamarré de pierreries, entouré de son chapitre, sous l'or et la pourpre des vitraux, tandis que la cathédrale était pleine de fidèles aux costumes éclatants ; toute la vie prestigieuse du moyen âge qui s'agitait là.

L'*Ite Missa est* et le brouhaha de la sortie le tira de son rêve, et sous le porche il eut la bonne fortune de rencontrer, accompagnée de sa nièce, Mlle Honorine, qui l'invita à profiter de la voiture qui les avait amenées.

On était en mai, et le lourd soleil de midi pesait sur les champs comme assoupis. Tous trois angoissés par cette chaleur printanière, se taisaient, et Jacques avait admiré Mlle Suzanne, silencieuse devant lui, inattentive, comme perdue dans l'infini de ses rêves.

*Sous le porche, il eut la bonne fortune de rencontrer, accompagnée de sa nièce, Mlle Honorine...* (p. 17).

Pour la première fois, il fut frappé par sa très réelle beauté ; déjà, il avait détaillé cet ovale si pur, ces traits d'une ligne idéale et surtout le charme étrange qui naissait du contraste de ce regard bleu, couleur de miel, avec la chevelure brune, très brune, aux reflets métalliques. Mais à présent, sous le grand soleil, sous la transparence de son ombrelle mauve, cette beauté le surprit et le frappa au cœur. Et il se plut à la contempler, trouvant un plaisir extraordinaire à fouiller cette figure, et des choses lui parurent qu'il n'avait jamais remarquées : un signe près de la bouche, et l'arc si bien dessiné des sourcils, et les cils très longs et très bruns qui voilaient le regard, et la peau surtout, si tendre et si rose, comme transparente, où l'on suivait l'insinuosité des veines d'un bleu pâle.

Et tout à coup il sentit son cœur se serrer devant l'infinie tristesse épandue sur ces traits si beaux et si purs.

Pour la première fois, cette tristesse le frappa douloureusement. Pourquoi était-elle si triste, cette enfant que tout semblait devoir rendre heureuse ? Belle et riche, la vie devait lui sourire, et le sourire avait fui ses lèvres, si bien faites pour la joie et l'amour. Et tout à coup, il comprit que cette âme devait cacher un douloureux mystère, et une immense pitié lui vint pour cette jeune fille qui devait souffrir, qui souffrait sûrement, et dont la blessure devait être d'autant plus poignante, d'autant plus cruelle qu'elle était plus secrète et qu'elle était plus cachée.

Mais la voiture s'arrêta devant le pavillon ; il salua ces dames, remercia et descendit.

Tout le jour il resta seul.

Après son déjeuner il s'assit dans le jardin, devant son cottage, et de longues heures il demeura là, songeant.

Sa pensée, maintenant, était pleine de cette jeune fille en qui il avait deviné une âme sœur par la souffrance, et il se demandait quel devait être le souci dont elle mourait lentement.

La grosse horloge de l'usine, qui sonna cinq heures, le tira de sa rêverie. Il se rappela qu'il avait accepté à dîner chez Joubard, et prenant son pardessus, car les soirées étaient fraîches, il quitta son pavillon, et, par un sentier qui escaladait la colline, il se dirigea vers la villa de son nouvel ami.

C'était là-haut, tout là-haut, à mi-côte d'une collinette toute fleurie de genêts, toute parfumée de lavande, de thym et de marjolaine, et que couronnaient des chênes et des pins. On avait dû construire un mur pour éviter la pente assez rapide qu'aurait prise le jardin au milieu duquel s'élevait le pavillon touffu, tout embroussaillé de rosiers grimpants.

En bras de chemise, à l'ombre d'un très vieux mélèze, parmi les roses et les glaïeuls, Joubard l'attendait en fumant sa pipe. Tout de suite il se leva et prenant Jacques par le bras, il le fit se retourner en lui disant :

Hein ! quelle jolie vue !

Et, en effet, la vue était splendide, s'étendant en panorama au pied de la villa. C'était un tableau merveilleux avec, en face, la vieille église de Saint-Juste, en ruines, comme un nid d'aigle juché tout au haut d'une montagne crayeuse et aveuglante ; tout en bas, parmi la verdeur des vignes, l'usine qu'on apercevait en plan, comme un lavis d'architecture ; et c'était aussi, à droite Saint-Paul-Trois-Châteaux, la grissaille des maisons, comme une lèpre, maculant la verdure, et à gauche, entre deux éminences, une plaine immense, inculte, couverte de chênes noirâtres et d'oliviers presque blancs, une plaine dévastée, sans culture, sans verdure, d'une tonalité pâle et grise de vieux pastel.

— C'est Solérieux ! expliqua Joubard ; on y récolte des truffes.

Et cela expliquait ce grand terrain en friche, ces plaines dévastées, les habitants n'ayant pas besoin du soc et de la charrue, la truffe les faisant riches sans travail, sans peine.

Puis, quand Jacques eut assez admiré, Joubard lui fit faire le tour de son jardin, un parterre fleuri et odorant, dont il nomma chaque fleur en plein épanouissement en cette fin de mai.

La visite dura longtemps, Joubard se plaisant au milieu de cette extraordinaire floraison qui faisait sa joie.

Et quand ce fut fini, il l'introduisit dans le petit pavillon qu'il lui fit visiter en détail : la salle à manger, le petit salon, la chambre et l'atelier. Toutes ces pièces simplement meublées, confortablement, artistement, mais sans luxe, et dont les murs se couvraient de gouaches et d'aquarelles, et des fleurs, rien que des fleurs, toujours des fleurs.

Ils retournaient dans le jardin, maintenant, et venaient de s'installer à l'ombre, sous le vieux mélèze, quand la porte du jardin grinça.

C'étaient Mme Joubard et sa belle-mère qui revenaient de Saint-Paul.

Mme Joubard était belle, très belle, mais d'une beauté particulière, de la beauté de ces femmes romaines dont les marbres recouvrent les tombeaux de la voie appienne à Rome. Elle était simplement vêtue d'une robe grenat, sans style, et coiffée d'un simple chapeau de paille.

Près d'elle, sa belle-mère, toute petite, maigre, vieille, ridée, si naïve, si simple, en son costume d'arlésienne, avec la coiffe de velours noir et le fichu de dentelle blanche.

Joubard présenta Jacques, que l'on connaissait déjà, tant il leur avait parlé souvent du jeune homme.

Le soleil baissait, disparaissant derrière la colline, et l'on se mit à table, sous le mélèze, dans le jardin, devant le splendide panorama qui s'apâlissait maintenant, blêmissait, s'effaçait en un brouillard ténu et fin le recouvrant comme d'une transparente gaze.

Puis, lentement, la nuit tomba : une grande douceur s'épandit dans la nature, et l'on ne distingua plus rien, tout autour, que le point d'or des étoiles, et dans la plaine, comme d'autres étoiles descendues sur terre, la lueur de quelques lampes dans les fermes d'alentour ; et l'obscurité s'étant faite complètement, comme Mme Joubard apportait le café, elle dut allumer un flambeau.

[illegible]ns ce silence de la nuit, c'était une heure ineffable de calme et de repos, un bien-être indicible qui envahit Jacques, une joie très douce comme il en avait rarement goûtée. Il s'estimait heureux, complètement heureux, et soudain la pensée de son bonheur lui remit dans l'esprit la tristesse de Suzanne, dont tout le jour sa pensée avait été pleine. Et il fut sur le point d'en parler à Joubard, mais une pudeur le retint, une sorte de fausse honte, mêlée de la crainte qu'on ne vînt à penser qu'il s'occupait de Suzanne, et il se tut, refoulant au profond de lui les paroles qui lui montaient aux lèvres.

D'ailleurs, Joubard parlait maintenant, et il disait les joies de sa vie dans cette petite maisonnette, et son existence si tranquille, si calme, entre ses fleurs et sa boîte d'aquarelle, et le rêve pour ses vieux jours, lorsqu'il aurait quitté la fabrique et vivrait sans souci, n'ayant point d'enfant, des maigres rentes qu'il s'était économisées.

— Vous pensez à quitter la fabrique ? demanda Jacques.

Cela l'étonnait, car il connaissait la profonde estime, la vive sympathie que Joubard et M. Milon professaient l'un pour l'autre.

— Dame ! il le faudra bien quelque jour !

Et comme Jacques le regardait, il continua :

— Oh ! ce ne sera pas encore, certainement, tant que M. Milon sera là, je resterai avec lui ; c'est un brave homme que j'aime beaucoup, et je sais que je lui ferais de la peine si je me retirais. Mais, lui parti...

— Lui parti ! fit Jacques.

— Dame ! répondit Joubard, M. Milon n'est plus jeune ; et puis, il y a sa fille, Suzanne.

Jacques tressaillit et se sentit rougir en entendant prononcer à haute voix ce nom qui, toute la journée, avait chanté en son esprit. Mais il craignit que Joubard remarquât son trouble.

— Eh bien ! Suzanne ? interrogea-t-il.

— Oh ! certes, c'est une brave jeune fille, n'était l'air qu'elle a pris depuis deux ans; mais, vous savez, elle se mariera un jour ou l'autre, et son mari deviendra le maître de la fabrique. Qui sait si je m'entendrai avec lui aussi bien qu'avec M. Milon ?

Jacques ne répondit rien. Il venait de ressentir comme une gêne en pensant au mariage de Suzanne. Cette idée ne lui était pas encore venue à l'esprit, et d'ailleurs, qu'importait ! Que pouvait lui faire que Suzanne se mariât ou non ? Il la connaissait si peu, et jusque-là elle lui avait témoigné une telle indifférence ! Et cependant, il venait de recevoir un petit coup au cœur.

Encore une fois, il craignit de se trahir, il eut peur que Joubard ne remarquât son trouble où il se trouvait, et c'est pour parler, uniquement pour répondre quelque chose, qu'il demanda :

— M^lle^ Milon pense-t-elle à se marier bientôt.

— Elle, non! fit Joubard en hochant la tête. Mais M. Milon et surtout M^lle^ Honorine y songent sérieusement. Vous comprenez bien que c'est là une chose importante. M. Milon n'a que cette fille, une fille unique, c'est à elle que tout reviendra, toute la fortune et la fabrique surtout, la fabrique! Alors, comme on ne sait pas ce qui peut arriver, que nous sommes tous mortels, M. Milon a hâte de marier sa fille, de lui donner un protecteur et surtout de donner un maître à la fabrique.

Joubard se tut un instant; puis reprenant, mais à voix basse cette fois :

— Et qui sait si ce n'est pas là le souci dont le cœur de Suzanne est blessé !

— Tais-toi, Joubard ! fit lors la vieille mère, que sa prudence de paysanne poussa à prendre part à la conversation. Tu vas encore dire une bêtise.

Mais Joubard s'emporta :

— Une bêtise ! une bêtise ! Quel mal y a-t-il à dire que Suzanne s'attriste de l'avenir qui lui est fait, que sa tristesse vient de ses rêves brisés, et qu'elle avait peut-être rêvé un autre mari que celui qu'on lui impose !

— Joubard, tais-toi ! fit encore une fois la vieille femme.

Et cette fois, Joubard baissa la tête. Il était allé trop loin, il le comprit, il se tut, marmonnant dans sa barbe :

— C'est bon, c'est bon, on sait ce qu'on sait !...

Jacques avait écouté, stupéfait. Et soudain la vérité venait d'éclater en lui, il venait de surprendre la clef du problème que toute la journée il s'était posé. C'était un voile qui tombait de ses yeux, et la vérité lui apparaissait dans toute son horreur.

Joubard en avait assez dit. Il savait, maintenant.

Parbleu, c'était cela, et toute l'âme meurtrie, et tout le cœur ulcéré de Suzanne lui apparaissait maintenant à nu, montrant sa plaie vivante et saignante. Et il comprenait le silence, il comprenait l'indifférence glaciale. C'était cela, et ce n'était que cela, cette âme de fillette riche et belle, puissamment, dont les rêves follement étagés venaient crouler contre cette fatalité : un mariage assurant l'avenir de la fabrique !

Là-bas, tout en bas, au pied de la colline, l'horloge lentement, sonna dix heures.

Il prit congé et descendit dans son pavillon.

Il se rappelait les paroles du notaire, alors que tous deux roulaient sur la route de Pierrelatte : « Toquée ! Toquée ! »

— Pauvre fille! dit Jacques. Pauvre enfant! je la connais, ta douleur, comme toi, j'ai dû sacrifier mes rêves au devoir. Dieu te fasse la grâce de supporter ce martyre vaillamment, comme je le supporte !

## VI

### UN PÈLERINAGE

Un soir, comme Jacques regagnait son pavillon il avait rencontré M^lle^ Honorine.

— Connaissez-vous Montségur ?

— Non. J'ai toujours vécu à Paris, et j'ignore complètement les environs. Depuis que je suis ici, je sors très peu, d'ailleurs.

— Eh bien, avait continué Mlle Honorine, si vous voulez venir avec nous, dimanche, il y a à Montségur un pèlerinage très intéressant auquel nous nous rendons chaque année. Vous serez des nôtres.

— Mais je vous remercie, Mademoiselle, j'accepte avec plaisir.

— C'est très amusant, on dîne sur l'herbe, et nous serons entre amis, mon frère, Suzanne, Michel Cordier et sa mère. Cela vous va-t-il ?

Jacques hésita une minute. Décidément Michel

Cordier ne lui plaisait point, et le plaisir de passer une journée avec les Milon, avec Suzanne surtout, Suzanne dont la pensée ne le quittait point depuis sa conversation avec Joubard, le plaisir très grand qu'il se promettait était gâté par la présence de Michel Cordier.

Mlle Honorine se méprit sur le motif de cette hésitation.

— Vous craignez de nous gêner, dit-elle, allons, avouez-le. Eh bien ! mon cher Monsieur Jacques, oubliez-vous que vous êtes presque de la famille ? Allons c'est entendu, vous viendrez avec nous.

Et Mlle Honorine était partie.

Jacques, à pas lents, regagna son pavillon, et en attendant son dîner, il s'assit dans son jardin et se prit à réfléchir.

Certes non, il n'aimait pas Michel Cordier, et il avait beau s'interroger, se rappeler les jours passés, il ne trouvait pas d'autre cause à cette antipathie que la mine déplaisante du jeune homme et surtout l'inharmonie de sa voix discordante, inégale, comme cassée. Jusque-là, il n'avait eu que des rapports de service avec Michel, rapports corrects, sinon cordiaux, où l'un et l'autre s'étaient tenus sur une réserve prudente, évitant de se lier.

D'où naissait alors cette antipathie ? Et non seulement il l'éprouvait lui-même, cette antipathie, ce mouvement de recul, mais encore il comprenait que Michel l'éprouvait pour lui.

D'où cela provenait-il ?

Et tout à coup la phrase de Mlle Honorine lui revint à la mémoire :

— Craignez-vous de nous gêner ? avait-elle dit. Vous êtes de la famille.

D'abord, il n'avait rien trouvé d'extraordinaire à cette phrase, mais à présent elle le surprenait, elle l'étonnait, lui semblait grosse de conséquences.

Pourquoi aurait-il craint de les gêner ? Michel Cordier n'était qu'un employé comme lui, moins que lui, même, puisqu'il avait le droit, lui Jacques, de lui donner des ordres. Et pourquoi avait-elle ajouté : « — Vous êtes de la famille ? »

Il est vrai que Michel Cordier en était, de la famille, parent éloigné des Milon, petit cousin par les femmes, mais cela remontait si haut, si loin, que dans les relations du jeune homme avec son patron, cette parenté n'entrait point en ligne de compte. Pourquoi, alors, ce : vous êtes de la famille ? De la grande famille des employés, certes, il en était, et au même titre que Michel.

Mais ce ne pouvait être de cela dont Mlle Honorinne avait voulu parler. Il y avait, il devait y avoir autre chose. Mais quoi? C'était un dédale où la pensée de Jacques s'égarait.

Puis il songea qu'après tout ce n'était peut-être là que paroles en l'air, phrase sans signification à laquelle il s'arrêtait trop ; que vraiment et sans raison il se mettait martel en tête, et qu'il avait bien tort d'égarer son esprit sur une chose aussi simple. On le savait seul, sans ami, sans distraction on l'invitait à une partie de plaisir, une fête annuelle, et on invitait en même temps Michel Cordier et sa mère, non parce qu'il était le cousin, mais qu'il était l'employé modèle, le bon jeune homme dont on avait fait la position, dont on préparait l'avenir.

Il se leva, fit quelques pas dans son jardin, pensant :

— Bah ! je suis bien bon de m'occuper de cela !

D'ailleurs, le garçon de la cantine lui apportait son dîner, qu'il fit servir dans le jardin, en la fraîcheur et l'apaisement du jour finissant. Et tandis qu'il mangeait, le garçon avait la coutume d'attendre, ne voulant pas revenir pour prendre le panier.

Point fier, Jacques causait avec lui, se faisant raconter les potins de la journée, des histoires dont il ne connaissait point les héros ou qu'il connaissait vaguement, mais qu'il écoutait avec plaisir, sans y attacher d'importance comme on s'intéresse à un roman facile.

— Eh bien, François, qu'est-ce qu'il y a de nouveau dans Saint-Paul?

C'était la phrase habituelle.

Et François parlait, racontant, narrant, gesticulant, mêlant son récit de ses observations personnelles, et dès lors, Jacques n'avait plus qu'à écouter. C'était un robinet qu'il ouvrait et par où, une demi-heure durant, coulaient à flots les nouvelles, les potins, les cancans.

Mais cette fois, à cette interrogation directe, François ne répondit rien. Il se contenta de baisser la tête, plié en deux sur le banc où il était assis, comme perdu dans la contemplation du panier qu'il balançait en un mouvement automatique entre ses deux jambes longues et maigres.

Jacques qui, après avoir lancé sa phrase, n'entendit rien, s'étonna ; c'était contraire aux usages : il leva la tête et regarda François, qui, muet, balançait son panier :

— Eh bien ! fit-il, il n'y a donc pas de nouvelles aujourd'hui ?

François releva la tête :

— Dame, prononça-t-il lentement, on raconte bien des choses, mais il vaut mieux se taire.

— Et d'où vient cette discrétion ? interrogea Jacques, que la chose amusait décidément.

— Ça vient... ça vient que quand il s'agit de certaines personnes, le mieux est de ravaler sa langue et de ne rien dire !... Motus !

— Décidément, pensa Jacques, voilà qui est curieux : François se tait, François garde un secret, François fait le mystérieux, lui, le satané bavard qui n'a de meilleure joie que de colporter les nouvelles. C'est du nouveau. Mais il faudra bien que je le fasse parler.

Et aussitôt, prenant un air fâché :

— Ah ! François, ce n'est pas gentil de me faire des cachotteries... Vous vous défier donc de moi?

— Non, non, répondit François.

— Alors, puisqu'il y a du nouveau, pourquoi ne pas m'en faire part, comme à l'ordinaire ?

— Parce que... parce que... Tenez, mettons que je n'ai rien dit, monsieur Jacques ?

— Oui, mais c'est que vous avez dit quelque chose et que maintenant vous me laissez le bec dans l'eau. Je ne vais pouvoir dormir de la nuit !

François était perplexe : son panier, qui tout à l'heure s'agitait rapide, diminuait sa vitesse, et ce n'était plus qu'un bercement très doux. Visiblement, François faiblissait.

Aussi Jacques se fit-il plus pressant.

— Voyons, mon brave François ! ai-je jamais parlé à qui que ce fut de toutes les histoires que vous m'avez confiées ? Ne suis-je pas un tombeau pour les secrets ?

— Oui ! oui ! Mais c'étaient les histoires courantes, un tas d'individus sans importance, que vous ne connaissez seulement pas... Tandis qu'aujourd'hui...

— Ah ! il s'agit donc d'un de mes amis ?

— Ma foi...

— De M. Joubard ?

— Lui ! le brave homme ! Ah ! il se tient bien tranquille !

— Alors, de M. Milon ?

François leva la tête et le regarda bien en face, étonné, comme pour dire :

— Qui vous l'a dit ?

Jacques se sentit gêné, comprenant que c'était de M. Milon qu'il s'agissait. Il regrettait maintenant d'avoir poussé François à des confidences, du moment que M. Milon était en jeu. Un scrupule le prenait d'interroger ce garçon de cantine sur les faits et gestes de son patron, les racontars d'office qui pouvaient courir sur lui.

Et il fut sur le point de dire :

— Allons, allons, François, gardez votre secret. et, comme vous le disiez tout à l'heure, n'en parlons plus!

Il fut sur le point de la lui dire, cette phrase, et il ne la dit point. C'est qu'en même temps une curiosité lui venait, un besoin d'éclaircir le mystère qui planait sur cette maison, ce secret qui avait failli échapper à Joubard, et où peut-être il allait trouver, nets et irréfutables, les motifs de la froideur et de la tristesse de Suzanne.

Aussi, sans hésiter, d'une voix naturelle, malgré le trouble qui s'était emparé de lui :

— Et alors, M. Milon ? interrogea-t-il.

François rapprocha le banc de jardin où il était assis, et inconsciemment, jetant à droite et à gauche un regard soupçonneux, comme s'il craignait qu'il y eût quelqu'un de caché là qui pût entendre sa confidence :

— Eh bien ! voilà, fit-il. Il paraîtrait qu'on va marier M^lle^ Suzanne.

Jacques tressaillit.

Il ferma les yeux comme pris d'un éblouissement.

Il n'avait qu'un mot à dire. Il allait avoir toute entière la clé du problème qui le torturait depuis quelques jours. Et pourtant, ce mot, il dut faire un effort sur lui-même pour le prononcer. Et c'est d'une voix éteinte qu'il demanda :

— Et avec qui ?

— Comment, vous ne le savez pas ? dit François dont la physionomie exprima l'ahurissement le plus complet.

— Ma foi, avoua Jacques, qui s'était repris complètement, vous savez, je m'occupe si peu de ce qui se passe ici !

François ne dit rien, et à sa mine, au balancement accéléré du panier, Jacques comprit qu'une lutte s'engageait en cette âme imbécile, une lutte entre la peur de trop parler et le désir évident, d'apprendre à cet étranger ce qui, tout le long du jour, avait fait les frais de la conversation à la fabrique.

Ce fut le désir de parler qui l'emporta, et, tranquillement, il prononça :

— Mais tout le monde le sait ici ; M^lle^ Suzanne Milon doit se marier avec Michel Cordier !

— Avec Michel Cordier ! répéta Jacques, qui se leva stupéfait par cette annonce subite.

Et de le voir ainsi se lever, François, pris de peur, regrettant ce qu'il venait de dire, balbutiait :

— On le dit... je ne sais trop... Vous savez, je ne fais que répéter !...

Et comme Jacques avait fini de dîner, rapidement, il ramassa assiettes, bouteilles, couvert, fit glisser le tout dans son panier, au risque de tout briser, et, sans rien dire, disparut comme si le diable était à ses chausses.

Cependant Jacques qui, dans l'effarement de cette nouvelle, n'avait pas remarqué la fuite de François, Jacques s'effondra sur une chaise, répétant :

— Avec Michel Cordier !

Ah ! il comprenait tout, maintenant, et le silence de Joubart, et les paroles de M^lle^ Honorine et la tristesse, la mélancolie de M^lle^ Suzanne, et il eut la vision très nette du drame qui se jouait depuis deux ans dans cette famille, le drame ignoré, inconnu de tous, mais terrible et fatal ; cette jeune fille si douce, et si belle, et si riche aussi et dont la fortune, cette même fortune qui aurait pu lui assurer le bonheur, brisait la destinée, la jetait toute pantelante à ce Michel Cordier qu'elle devait haïr, qu'elle haïssait sûrement. Et son cœur saignait à l'idée de ce martyre, et, comparant ses souffrances à celles de Suzanne, il s'inclina, comprenant que son sacrifice n'était rien à côté de celui que l'on exigeait de cette enfant. Car, s'il avait dû sacrifier son rêve, du moins son cœur et sa vie lui restaient, tandis que Suzanne, rien ne demeurait dans la débâcle qui devait l'emporter tout entière, rien ne demeurait de ses rêves d'avenir et d'amour, ni son esprit, ni son cœur, rien, rien !!! Tout était emporté, balayé, dévoré par cette fabrique maudite qui avait fait la fortune et l'honneur de son père et qui, maintenant, faisait son martyre et causerait sa mort ! Et il lui semblait voir Suzanne mutilée, broyée, arrachée par les pinces et les engrenages de cette fabrique monstrueuse à laquelle infailliblement elle devait se sacrifier.

Pauvre fille ! Pauvre fille !

Et soudain, il songea à l'invitation que M^lle^ Honorine lui avait faite quelques heures auparavant, ce voyage à Montségur avec Suzanne et Michel Cordier.

Non ! non ! mille fois non ! Il n'irait pas ! Maintenant qu'il savait, il n'irait pas assister impassible, au supplice de cette enfant.

Et, après tout, que lui importait !

Ce fut comme une voix, la voix froide de la raison, qui lui murmura cette phrase. Oui ! que lui importait que M^lle^ Suzanne Milon, qu'il ne connaissait point, qui jamais ne lui avait adressé un sourire ou une parole, que lui importait qu'elle épousât Michel Cordier et qu'elle en souffrît !...

Certes, non, il n'aimait pas Michel Cordier ; mais après tout, ce Michel, pour lui être antipathique, n'en était pas pour cela un être détestable. Et qui sait s'il n'avait pas de grandes qualités, s'il ne rendrait pas très heureuse la femme dont on lui confiait le bonheur !

Et puis, de quoi se mêlait-il, lui simple employé recueilli par charité dans cette fabrique ? De quel droit s'immisçait-il en ces choses? Après tout, M. Milon était le maître, libre à lui de disposer de sa fille, c'était son enfant, son enfant bien-aimée, et mieux que personne, il devait savoir ce qu'il avait à faire ; et s'il exigeait, s'il voulait ce mariage, c'est qu'il le trouvait convenable, utile, nécessaire, propre à faire le bonheur de son enfant.

Ainsi Jacques cherchait à se raisonner ; mais il n'y réussissait qu'avec peine. Malgré lui, une pitié le poignait au cœur pour cette enfant, que malgré tout il considérait comme une martyre.

Il ne put fermer l'œil de toute la nuit et c'est brisé qu'il se rendit le lendemain à son bureau.

On était au vendredi ; deux jours le séparaient encore de ce dimanche où, avec les Milon et les Cordier, il irait à Montségur, car sa décision était prise maintenant. Certainement il irait, et devant l'attitude des deux jeunes gens, des deux fiancés, il se ferait une certitude, et peut-être calmerait-il l'angoisse qui le dévorait.

Ces deux jours, il les vécut, sombre, solitaire, épiant Cordier comme pour découvrir en lui la clé de l'énigme qui le torturait, évitant de parler à Joubard, voulant rester seul avec sa douleur.

Enfin, le dimanche tant attendu arriva. L'aube le trouva debout, bien qu'il ne dût partir qu'à huit heures.

Il faisait une matinée très douce ; une légère brume bleuâtre, comme une fumée chaude et claire, s'exhalait de la terre, et le ciel était pur, sans nuage ; tout présageait une journée splendide.

Et comme huit heures allaient sonner, il franchit la porte du jardin des Milon.

Le break attendait, un grand break tout reluisant, attelé de deux chevaux magnifiques.

Ce fut d'abord Suzanne que Jacques rencontra : debout sur le perron, muette, soucieuse, elle était attirante en sa robe légère, faite d'une étoffe souple, de couleur claire, qui la drapait comme une nuée.

Elle s'inclina devant le salut de Jacques, cérémonieuse, et cette indifférence glaça le jeune homme.

Dans la salle à manger, il y avait M. Milon, Mlle Honorine, Michel Cordier et sa mère, déjeunant d'une brioche et d'un verre de vin blanc.

— Ah ! vous voilà ! fit M. Milon. J'ai cru qu'il nous fallait aller vous chercher ! Un verre de vin blanc !

Jacques remercia ; il venait de déjeuner. Puis après avoir salué Mlle Honorine, il tendit la main à Michel.

— Ma mère, dit celui-ci en présentant Mme Cordier à Jacques.

Et Jacques s'inclina devant Mme veuve Cordier, une grande femme, sèche, vêtue de noir, très simple et d'allure paysanne. Mais il fut frappé par son air d'énergie et de volonté, par ses petits yeux, sa bouche pincée, son grand nez long et la proéminence de son menton. Un simple coup d'œil lui suffit à la juger tout entière dans son ambition implacable de femme têtue et volontaire, qui veut bien ce qu'elle veut, et qui peut, ne doutant jamais de la réussite.

Et c'était bien là la femme que Jacques s'était imaginé.

Cependant, impatiente, Mlle Honorine qui ne pouvait rester cinq minutes immobile, s'était levée et bousculant la bonne :

— Tout est prêt ? Les paniers sont-ils bien dans la voiture ? Rien ne manque ? Vous avez bien tout mis ?

La bonne ne savait où donner de la tête ; elle était étourdie par ce départ matinal, et Mlle Honorine soupirait :

— Vous verrez que nous aurons oublié quelque chose !

Puis, se tournant vers son frère et vers les Cordier qui achevaient de boire leur vin blanc :

— Allons ! Allons ! dépêchons ! Le break attend, vous savez !

M. Milon voulait déboucher une troisième bouteille de vin blanc, ce crû fameux qu'il ne sortait que pour les grandes occasions, mais Mlle Honorine se récria :

— Nous n'avons pas le temps ! Tu vas nous faire manquer la procession !

Enfin, on sortit.

Suzanne était déjà sur la route, caressant les chevaux.

L'installation fut difficile ; enfin, tant bien que mal, on finit par se caser : M. Milon sur le siège, à côté du cocher, pour mieux voir la campagne, disait-il, et où en étaient les récoltes ; et, dans le break, Mme Cordier et Suzanne s'assirent sur une banquette, tandis que Mlle Honorine, sans façon, s'installait entre Jacques et Michel.

Le cocher fouetta ses chevaux et la lourde voiture s'ébranla.

Jacques était en face de Suzanne, mais il ne pouvait voir Michel, placé sur la même banquette que lui, et dont Mlle Honorine le séparait. Et il le regretta, persuadé que durant la longue heure que devait durer cette promenade, il eût pu lire quelque chose dans la physionomie du jeune homme, surprendre un regard, un geste, qui lui aurait pu dévoiler son état d'âme.

Il dut se contenter de regarder Suzanne, mais elle était impénétrable, la tête légèrement tournée à droite, son regard se perdait dans le vague, sur le long ruban de route qui se déroulait devant eux, peut-être au loin vers l'horizon que barraient les montagnes violettes de la Lance, ou ailleurs encore, dans le rêve, dans l'inconnu de sa pensée. Et elle restait muette, indifférente, inattentive à ce qui se passait autour d'elle, aussi seule en ce break plein de monde que tout à l'heure, sur le perron, où elle boutonnait ses gants, que toujours, en cette vie qu'elle semblait dédaigner, ou haïr même, qui sait ?

Près d'elle, Mme Cordier se taisait aussi, perdue en quelque rêve triomphal d'avenir assuré. Et il était facile de deviner la pensée qui l'agitait; Jacques ne s'y trompa point, à ce regard qui se posait parfois sur Suzanne et Michel.

C'était elle, assurément, l'instigatrice de ce mariage ; depuis longtemps, depuis toujours, elle en avait dû rêver. Ç'avait été le but qu'elle avait donné à sa vie, ce mariage était son œuvre, l'œuvre caressée où elle avait employé ses jours.

Et Jacques se la représentait encourageant son fils le poussant au travail, en faisant miroiter à ses yeux l'espoir de cette jeune fille, de cette enfant à conquérir, de cette fortune à gagner ; il se la représentait dans le siège patient, la lente conquête de cette famille, imposant son fils, gagnant la tante d'abord, puis le père, et maintenant au moment du triomphe, se butant à cette jeune fille dont la passive résistance devait l'irriter.

Et cette irritation, Jacques la lisait si claire, si vraie dans le regard de cette femme, qu'un dégoût le prit, et qu'il détourna les yeux écœuré.

Cependant, Mlle Honorine parlait : elle racontait le pèlerinage où l'on se rendait, ce miraculeux Saint-Jean-Porte-Latine qui guérissait les enfants de la peur, oui, de la peur, parfaitement. Il suffisait de passer sous la statuette qu'on portait à la procession, pour être radicalement guéri, devenir brave, capable d'affronter les plus grands dangers. Et elle citait des guérisons, des exemples parmi les gens qu'on connaissait, des enfants de la fabrique ou des environs. Et c'était avec une grande croyance qu'elle narrait tout cela, convaincue en son ardente foi de vieille fille qui se réfugie dans la religion en sentant que tout croule autour d'elle.

Puis, comme chez cette méridionale d'humeur joyeuse la gaieté ne perdait jamais ses droits, tout à coup, sans transition, elle racontait la rivalité des deux Saints-Jean, la lutte épique des saints icones, Saint-Jean le vieux et Saint-Jean le neuf.

Un beau jour, dans un accès de modernisme, le conseil de fabrique s'avisa que le Saint-Jean était bien vieux, bien antique, rongé des vers, les couleurs s'écaillant et le couvrant comme d'une lèpre hideuse. Et l'on avait fait venir de Paris un saint Jean tout flambant neuf, tout frisé, joli, l'air jeune et conquérant. Mais il n'avait trouvé que froideur auprès des fidèles, la dévotion allait toujours au saint Jean vermoulu, les paysans songeant :

— Il est trop jeune, il ne nous connaît pas ; que voulez-vous donc qu'il fasse pour nous, ce Parisien qui ne comprend peut-être même pas le patois ?

Et Mlle Honorine s'égayait de cette histoire, riant aux éclats, heureuse, ivre d'air et de lumière.

Suzanne n'avait point bougé d'une ligne, toujours perdue en la contemplation du paysage sur cette route sineuse que le break parcourait au trot rapide de ses deux chevaux.

Ç'avait été d'abord, en quittant la fabrique, une sorte d'étroite vallée serrée entre de hautes collines, étagées les unes sur les autres, comme se haussant pour savoir ce qui se passait sur la route. Puis, ce vallon riant, vert, cultivé, s'était élargi en une sorte de clairière ; les collines s'étaient écartées au loin, et maintenant, après la luxuriante végétation de tout à l'heure, c'était une campagne morne, nue, inculte, mangée de rochers à fleur de terre, couverte de chênes nains, au feuillage sombre, à peine étoilée çà et là, des fleurs d'or des genêts.

Le break courait toujours. A gauche, on avait entrevu, sous les mûriers, deux ou trois maisons, et ensuite, à droite, Soléreux, un hameau de cent âmes à peine; et maintenant on apercevait, fondues dans une brume bleue, les premières assises des Alpes, la Lance, et plus loin, le mont Ventoux.

Enfin la route fit encore un détour, et cette fois ce fut Monségur qu'ont put voir, Montségur le vieux, perché sur son rocher, dévasté, ruiné, abandonné, couvrant comme d'une mousse grise les rudes aspérités d'un roc à pic, couleur de rouille. Et quelques minutes après, on arriva dans le Montségur moderne, bâti au pied du rocher : un village de quelques toits à peine, dont les maisons s'alignaient, sur la route, blanches et trop neuves.

Une foule énorme se pressait déjà sur cette route, représentant l'unique rue de Montségur, une foule joyeuse, parlante et remuante, bariolée de couleurs claires, gaies et éclatantes. Les blouses des hommes d'un bleu cru, et les robes des femmes, rouges vertes ou jaunes, mais de tons criards, plus criards encore sous le grand soleil et dans l'air lumineux.

On dut descendre du break, car la circulation d'une voiture dans cette foule était impossible. Une auberge était là, d'ailleurs, à l'entrée du village, et le cocher y vint remiser ses chevaux.

La grande question était de savoir si la procession était passée.

Vers les dix heures, elle descendait de là-haut, tout là-haut, de la vieille église bâtie en pleine roche où elle se formait.

Puis, lentement, elle descendait à travers les rochers, traversait Montségur pour arriver là-bas, vers cette chapelle neuve, dont on apercevait le clocheton à travers un rideau de cyprès.

Mlle Honorine s'informa :

La procession était descendue depuis un grand quart d'heure. On arrivait trop tard.

— Je l'avais bien dit ! fit-elle ; si l'on s'était un peu plus pressé !

— Bah ! répondit M. Milon, si l'on ne l'a pas vue descendre, on la verra remonter. C'est la même chose !

La foule augmentait toujours. Sur la grande route et de tous côtés, de nouveaux pèlerins arrivaient, et c'était sur chaque chemin de lourds breaks, des jardinières, d'antiques tapissières, des chars-à-bancs préhistoriques, de simples charrettes même qui débouchaient chargés de monde, grossissant cette foule qui se promenait, en l'attente de la procession soulevant des nuages de poussière.

— Nous n'allons pas nous perdre dans cette foule ? dit M. Milon.

— Attendez, fit Mlle Honorine, je sais un endroit où nous serons très bien pour voir.

Et Mlle Honorine installa tout son monde sous les arbres, devant un cabaret où l'on avait placé des tables rudimentaires, de simples planches posées sur des tonneaux.

— Voyez, dit-elle, la procession passe ici, nous allons la voir sortir de la chapelle et monter vers le vieux Montségur ; nous n'en perdrons pas une miette.

Un garçon apporta du vin blanc et des « brassedos ».

Depuis le départ, Mlle Suzanne n'avait pas desserré les dents, et maintenant encore elle se taisait, contemplant cette vague humaine, qui devant elle, battait la route de son flux ininterrompu.

Quelle pensée s'agitait en ce cerveau ? que cachait ce mutisme ? C'est ce que Jacques se demandait.

Et il regardait Michel, à côté de lui : il buvait, trempant son « brassedo » dans son vin blanc, parlant à M. Milon et sa mère, à Mlle Honorine, semblant ne faire aucune attention à Mlle Suzanne, indifférent à son silence, à sa tristesse, à la mélancolie épandue sur ses traits. Et, une minute, Jacques se demanda si tout ce que l'on racontait était bien vrai, si réellement il y avait un projet d'union entre ces deux êtres, si c'était bien là deux fiancés.

Mais l'attitude de Mme Cordier lui répondit : il venait de surprendre chez elle un regard d'ambition et de conquête, et il comprit que la gaieté, l'assurance de Michel venait de la confiance qu'il avait en sa mère, de la certitude où il était de pouvoir mettre quand même la main sur la fortune qu'elle lui avait promise quand il voudrait, à l'heure désignée d'avance.

Et Jacques songea à la monstruosité de ce jeune homme qui allait accepter cette chose : être malgré elle, l'époux d'une femme qui marchait à cette union passive, soumise, mais douloureuse, comme la brebis que l'on mène au boucher.

Soudain une bombe éclata qui le fit tressaillir. C'était la procession qui sortait de l'église.

Loin, tout là-bas, on apercevait dans le chatoiement de ces couleurs éclatantes l'or des chapes, les surplis du clergé, la pourpre des enfants de chœur et les robes blanches des Enfants de Marie.

Et bientôt, au milieu du tumulte de la foule elle défila devant eux.

C'était d'abord quatre tambours, en blouse bleue, moustachus et basanés, avec des airs d'anciens soldats ; puis le suisse, en mollets blancs, tout de rouge vêtu. Venaient après les enfants de l'école, les Frères d'abord, puis les Sœurs, et enfin, vêtues de blanc, légères et pimpantes, les Enfants de Marie, avec leur bannière bleue où saignait un cœur écarlate. La fanfare suivait, soufflant une marche rudimentaire, et puis, c'étaient les bouviers, des gars solides et puissants, portant les « aiguillades », de longues perches enrubannées, qui montaient droites vers le ciel.

Et enfin, parut saint Jean-Porte-Latine, une statue grandeur naturelle, que quatre gaillards maintenaient sur leurs épaules, et représentant le disciple aimé plongé jusqu'à la ceinture dans une chaudière que léchaient d'énormes flammes en carton peint. Et c'était sous ce saint Jean une bousculade énorme, des hommes, des femmes portant des enfants, qui passaient et repassaient, traversaient, car c'était la légende qui voulait que chaque enfant qui avait passé sous la statue fût à jamais guéri de la peur. Un prêtre en surplis blanc, placé là pour le bon ordre, ne pouvait contenir tout ce monde ; il était débordé, emporté par ce flot humain et les porteurs eux-mêmes avaient peine à se tenir debout, bousculés sans cesse, trébuchant, manquant tomber à chaque pas.

Jacques s'amusa de ce spectacle et lui-même voulut passer sous l'image du saint, suivi de Mlle Honorine, de M. Milon, et de Mme Cordier elle même et de Michel.

Seule, Suzanne était restée sur place.

Maintenant, la procession dégénérait en émeute ; derrière le clergé chamarré d'or venait une foule grouillante, hurlante, chantant des cantiques, se poussant, se coudoyant, se rudoyant même.

Puis tout s'écoula, la route se vida, redevint déserte, et l'on entendit bientôt plus qu'au loin, dans clocheton de l'église neuve, la cloche qui s'agitait et dont la voix ne parvenait plus que faible et reposante, après le bruit de tout à l'heure.

— Si nous allions déjeuner ? dit M. Milon.

Justement le cocher arrivait, chargé des paniers qui contenaient les provisions.

— Nous allons nous installer là-haut, fit Mlle Honorine. Suivez-moi.

Et tout le monde la suivit.

A droite de l'auberge, un chemin montait, zigzaguant, taillé à même le roc que surmontait le vieux Montségur, entouré de son vieux mur d'enceinte. Ce chemin conduisait à la petite porte percée dans la muraille par où tout à l'heure avait passé la procession.

Ils franchirent la porte, et soudain s'arrêtèrent stupéfaits.

Un panorama admirable, que le rocher avait masqué durant l'ascension, s'étalait à leurs pieds.

Une plaine immense, d'un vert clair, coupée de bouquets d'arbres d'un vert plus sombre, et que de légers ruisseaux sillonnaient en tous sens. D'ici, de là, quelques clochers pointaient dans la verdure, c'étaient des villages dont complaisamment M. Milon dit les noms, Colonzelles, Richerenche, Grillon, Baume de Transit, et au fond, Valréas comme doré par le soleil.

C'était là l'endroit du déjeuner, et tout de suite, tandis que Mlle Honorine sortait les provisions des paniers, ils s'installèrent sur l'herbe.

Derrière eux, Montségur étageait ses vieilles masures noires et devant eux, le rocher était taillé à pic, en sorte qu'ils se trouvaient sur une espèce de terrasse d'où la vue s'étendait merveilleuse.

Le déjeuner fut très gai. L'on s'amusait de tout dans la joie du plein air ; Mme Cordier elle-même se déridait. Seule, Suzanne restait impassible.

Puis, quand les paniers furent vidés, quand il ne resta plus rien de toutes les victuailles englouties par ces appétits aiguisés par le grand air, chacun, sans façon, s'étendit sur l'herbe.

Mais alors, Suzanne se leva.

— Où vas-tu? fit Mlle Honorine.

— Là-haut, répondit Suzanne simplement ; et du bout de son ombrelle, elle désigna les murs du vieux château qui surmontait Montségur.

C'était la première fois que Jacques entendait la voix de Suzanne, et elle le surprit par son harmonie, par sa musique très douce, où l'accent du Midi ajoutait comme un charme.

— Mais tu ne peux aller là-haut toute seule ! observa Mlle Honorine, Michel va t'accompagner.

— Oui, Michel, accompagne Mlle Suzanne ! ajouta Mme Cordier.

Mais Michel, étendu sur l'herbe, un mouchoir sur les yeux, ne répondit pas.

Peut-être dormait-il, ou peut-être aussi feignait-il de dormir, ne se souciant pas de grimper là-haut parmi ces ruines.

Cependant Mme Cordier se leva pour le secouer. Jacques l'arrêta.

— Ne réveillez pas M. Cordier ; je vais accompagner Mademoiselle, si vous le permettez.

A peine avait-il prononcé cette phrase qu'il la regretta. Et il lui eût été même impossible d'expliquer pourquoi il faisait cette proposition, comme pourquoi il regrettait de l'avoir faite.

Mais Mlle Honorine avait dit :

— C'est ça, accompagnez ma nièce, et veillez à ce qu'il ne lui arrive rien.

Et Mme Cordier se recoucha sur l'herbe, ne voulant point insister. Seulement, Jacques lut le dépit sur sa physionomie en même temps qu'il vit luire en ses yeux comme une flamme de colère. Et il comprit qu'il venait de se faire en Mme Cordier une ennemie irréconciliable.

Suzanne avait assisté à cette scène immobile et distraite, sans que sa physionomie impassible et froide eût trahi une seule de ses pensées. Et quand Mlle Honorine eût permis à Jacques de l'accompagner, sans un mot, sans un geste, elle se mit en marche, suivant la route qui tournait autour de Montségur-le-Vieux.

Jacques la suivit, à quelques pas derrière elle. Et maintenant une pensée le torturait, l'idée de l'attitude qu'il devait prendre durant ces courts instants qu'il allait demeurer avec elle, tous les deux seuls, au milieu de ces ruines, en face de cette immensité : lui parlerait-il ou respecterait-il le mutisme dans lequel elle se renfermait?

*Jacques se mit à jouer* (p. 25).

Quelques minutes il réfléchit, et il décida qu'il ne dirait rien, se confinant au rôle de protecteur qu'on lui avait assigné.

Cependant, le chemin tournait, montant toujours. De chaque côté, c'étaient des maisons en ruines, inhabitées depuis des siècles, dont les murs se lézardaient et dont les toitures crevaient, abîmées par l'orage du temps. Quelquefois le roc se creusait de grottes profondes, embroussaillées de buissons, puant l'humidité et le mystère ; puis c'était un amas de pierres colossales, les murs de quelque tour gigantesque qui avait dû terroriser la contrée.

Et le chemin tourna une dernière fois, et ils se trouvèrent tout là-haut, en plein ciel, en plein infini.

Tout autour d'eux, maintenant, la campagne se déroulait en un panorama gigantesque. C'étaient des champs et des collines basses, toutes surmontées d'un vieux donjon, car ce pays fut le théâtre de guerres cruelles, et les luttes de religion y furent surtout terribles, ensanglantant ces champs où poussaient maintenant de riches moissons.

Suzanne resta un instant debout sur cette plate forme perdue en cette immensité. Quelques minutes elle se retourna à droite et à gauche, sondant cet infini, et Jacques s'étonna de la muette impassibilité de ce visage de vierge, qu'un tel spectacle ne pouvait émouvoir.

Enfin, elle reprit le chemin par où elle était venue, puis, tournant à droite, elle s'engagea dans une espèce de ruelle et parvint jusqu'à une sorte de chapelle creusée dans le roc.

Elle entra dans la chapelle, Jacques la suivit.

C'était une lourde construction romane, froide et nue, où cent fidèles à peine pouvaient s'agenouiller. Un autel s'érigeait dans le fond, un pauvre autel en bois, surmonté de la statue de saint Jean, que Jacques avait vue le matin à la procession. Il faisait sombre et froid en cette église, qu'éclairait seule une sorte de lucarne percée au-dessus de l'autel.

Suzanne s'effondra sur une chaise et le front dans ses mains se mit à prier.

Cependant, Jacques venait d'apercevoir dans un coin un harmonium à moitié démoli, muet depuis des ans et des ans peut-être, perdu dans cette chapelle abandonnée où l'on ne disait jamais la messe.

Jacques ouvrit l'harmonium; les touches en étaient jaunies par la poussière et l'humidité; il essaya la soufflerie, qui gémit sous son pied. Et tout à coup, en ce silence et cette solitude, en cette chapelle que les hommes désertaient abandonnaient, où Dieu lui-même n'était descendu depuis des années, Jacques se mit à jouer, à réveiller l'âme de cet harmonium, endormie depuis si longtemps. Et ce fut une prière toute douce, une musique douloureuse qui monta vers les voûtes, une plainte où Jacques fit passer toute la rancœur, tout le désespoir de sa vie brisée et de son âme ulcérée.

Et soudain, il entendit comme un sanglot qui lui répondait, et s'étant retourné, il aperçut Suzanne qui pleurait, tout son corps secoué par un spasme de larmes.

Effrayé, il s'approcha d'elle :

— Suzanne !

Une telle émotion le poignait devant ces larmes si inattendues, devant tant de froideur se fondant en une aussi grande douleur, que ce tutoiement, cette familiarité lui étaient venus tout d'abord, se contentant d'appeler Suzanne tout court, cette jeune fille à qui, pour la première fois, il adressait la parole.

Mais Suzanne pleurait toujours, secouée de lourds sanglots.

Alors, une grande pitié lui vint, une immense tendresse pour cette infortunée.

Il s'agenouilla près d'elle, lui prit la main, comme il l'aurait fait à une sœur plus jeune, et doucement :

— Oui, pleurez ! Laissez fondre votre cœur, car j'ai deviné votre tristesse, j'ai compris votre douleur ! C'est un frère qui vous parle, car comme vous j'ai souffert, comme vous j'ai pleuré mes rêves emportés par le souffle cruel de la vie ; mais je me suis plié devant le destin implacable, et je me suis résigné, et j'ai fait mon devoir !

Pleurez, Suzanne, c'est dans les larmes que vous trouverez la force qui vous soutiendra, qui vous fera accepter la vie ! Pleurez ! je ne vous trahirai point, je ne dirai jamais le secret de vos larmes ! Mais de grâce, abandonnez ce masque d'indifférence et de froideur qui vous tue ; que vos larmes réchauffent votre cœur, et riez à la vie, bien qu'elle soit cruelle ; riez à la vie parce qu'elle est la vie, et que nous devons l'accepter telle, avec toutes ses tristesses, avec toutes ses rancœurs.

Et Jacques sentit alors une main qui serrait la sienne, doucement, oh ! si doucement, que cette étreinte était comme une caresse, puis, Suzanne se retourna vers lui, son beau visage inondé par les larmes, et simplement elle lui dit :

— Merci !

Oh ! ce mot, ce seul mot qui tombait de ses lèvres, quelle joie il causa à Jacques ! Car dans ce mot, le premier qu'elle lui dit, Jacques venait de trouver la tendre, l'infinie douceur d'une âme enfin soumise et conquise à jamais.

Ce mot, il le comprenait, allait rejeter toute froideur et toute indifférence ; ce mot venait de crever le masque sous lequel la jeune fille était cachée.

C'était une nouvelle Suzanne enfin vaincue, sinon heureuse, qui renaissait en ce mot.

Cependant, rapidement la jeune fille avait séché ses larmes, et tous deux, côte à côte, maintenant, retournèrent vers M. Milon et ses invités, qui dormaient toujours, étendus dans les hautes herbes.

## VII

### L'AME DE JACQUES

Il était sept heures quand Jacques regagna son cottage. Il toucha à peine au dîner que François lui apporta, puis il s'assit dans son jardin.

Les émotions de cette journée l'avaient brisé et il restait là, sur cette chaise, sans force, comme au sortir d'une maladie.

La journée s'était passée gaiement, et il avait dû se contraindre pour refouler au fond de son être les pensées qui le torturaient.

Personne n'avait remarqué le trouble de Suzanne ; d'ailleurs très maîtresse d'elle même, elle n'avait rien laissé voir de la douleur qui l'avait étreinte dans cette petite chapelle, la poussant à redevenir elle-même, à pleurer, à sangloter, à se montrer telle qu'elle était, avec son âme éperdue de jeune fille dont la vie est brisée à jamais. Et ni Honorine, ni son père, ni Michel Cordier n'avaient deviné que cette froide vierge venait de laisser fondre son cœur en un torrent de larmes. Seule, Mme Cordier avait eu le pressentiment que quelque chose s'était passé, quelque chose d'inexplicable pour le moment, mais dont elle aurait le secret quelque jour. Jacques s'en était aperçu aux regards qui fouillaient Suzanne, et il comprit de nouveau que désormais c'était entre cette femme et lui une lutte à mort.

Maintenant, seul avec lui-même, Jacques réfléchissait; il revoyait la scène et en supputait les conséquences.

Suzanne était-elle vaincue à tout jamais, ou bien n'était-ce là qu'une crise accidentelle vite oubliée et ne laissant aucune trace ? Etait-elle résignée désormais, et comprenait-elle que ce que la vie a de malheureux il faut le subir, courber la tête, et tout accepter résolument, car en somme la vie est la vie, et, seule, la mort est la solution du terrible problème. Ce qu'il lui avait dit doucement, solennellement, l'avait-elle convaincue, et maintenant accepterait-elle ce mariage où son devoir, son implacable devoir la conduisait ?

Et tout à coup, en songeant à la soumission qu'il lui avait conseillée, Jacques se demanda s'il avait sagement agi, s'il ne l'avait pas entraînée dans une mauvaise voie, et il eut au cœur comme un tressaillement, le souci de cette âme dont il venait de conseiller le malheur. Car si M. Milon se trompait, si Mlle Honorine se trompait ? Si dans celui-là, le commerçant étouffait la voix paternelle, si son amour pour cette fabrique, qu'il avait édifiée, qu'il avait fait naître, qu'il avait vu grandir et prospérer, pour cette fabrique qui était son enfant après tout, sa fille autant que Suzanne, si cet amour l'aveuglait, et, de ses deux filles, la fille de son esprit la fabrique, et la fille de sa chair, Suzanne, c'était la seconde qu'il sacrifiait à la première, s'il faisait le malheur de l'une pour assurer le bonheur de l'autre?

Et Jacques eut peur, et il frémit, et son cœur se glaça à cette horrible pensée qu'il venait de faire le malheur de Suzanne.

Mais non, il divaguait, M. Milon était un bon père qui savait ce qu'il devait faire, et s'il avait porté son choix sur Michel Cordier, c'est qu'il était sûr que Michel Cordier ferait un excellent mari. Depuis longtemps, il le connaissait, il avait pu apprécier ses qualités et il ne doutait pas, il ne pouvait douter que Suzanne ne fût heureuse avec lui.

Et Suzanne était une enfant, une jeune fille innocente, ignorante de la vie, qui avait rêvé quelque prince Charmant sans doute. Oui, c'était une rêveuse, et cette réalité l'effrayait. Mais cela ne durerait pas, elle avait pleuré, il l'avait conquise, soumise à jamais. Demain, elle accepterait ce mariage que lui ordonnait son devoir de fille, et elle adorerait son mari, lorsqu'elle se réveillerait femme sous les caresses de l'époux.

Car il s'était trompé tout à l'heure : ce n'était point la mort qui était le grand remède de la vie, mais l'amour, l'amour triomphant et vainqueur l'amour maître du monde.

Mais Jacques sentit son cœur se serrer tout à coup.

Un mirage venait de se dresser en son esprit.

Il venait d'apercevoir Suzanne heureuse au bras de Michel et ce fut une souffrance atroce, la terrible morsure de la jalousie qui le poignait tout entier.

Et, dans l'angoisse de son âme, ce cri lui monta du cœur :

— Mais je l'aime ! je l'aime !...

Et c'était vrai.

Il l'aimait.

Oh ! cela venait de loin, du premier jour, et il y avait longtemps que ce feu couvait en lui. Inconsciemmment, dès la première minute, il s'était laissé prendre, sans défense, à cette beauté, et le charme indéfinissable de ces yeux couleur de ciel et de ces sombres cheveux couleur de nuit, sans qu'il s'en doutât, l'avaient conquis à jamais. Puis ç'avait été l'intérêt qu'il avait pris à cette douleur silencieuse, la souffrance que lui avait causée ce masque froid de dédain. Il avait cru que c'était de la pitié, c'était de l'amour; un amour ingénu, très tendre, un amour qui dormait en lui et que la dure morsure de la jalousie venait d'éveiller et qui maintenant clamait son ardeur dans le trouble de son âme.

Oui, il l'aimait, ce n'était pas douteux ! Tout le lui prouvait, tout le lui criait, jusqu'à l'antipathie qu'il avait vouée à Michel Cordier, en qui, inconsciemment, il avait deviné un rival. Et M^me^ Cordier avec son instinct de mère, ne s'y était pas trompée, elle.

Et Jacques sentit un grand vide en son esprit, dans le désespoir de cette passion nouvelle qui furieusement montait en flammes d'incendie, dévorant sa pensée balayant son cerveau, le laissant la tête déserte et bourdonnante, comme sous un coup de folie.

En cette prostration qui l'envahit, combien de temps demeura-t-il, il n'aurait su le dire. La nuit était tombée, un grand silence s'était fait autour de lui, et dans ce silence écrasant, il entendit soudain le bruit que faisait la porte en s'ouvrant.

C'était Joubard qui entrait lui dire bonjour.

— Eh bien! et ce pèlerinage, ça s'est-il bien passé ?

Mais Joubard s'arrêta, il venait d'apercevoir Jacques livide, les yeux papillotants, comme une immense tristesse qui s'était abattue sur sa face. Et tout de suite, cette âme d'artiste faite de tendresse et de pitié, comprit ce qui se passait dans l'âme de Jacques.

Il s'assit près de lui, et doucement, comme on parle à un enfant malade :

— Cette journée vous a ouvert les yeux, n'est-ce pas ?... Vous avez compris ce que je n'ai pas osé vous dire, vous avez deviné sa souffrance ; et vous l'aimez, et vous pleurez parce que vous l'aimez !

Jacques sursauta, comme s'il s'éveillait d'un rêve.

— Joubard, taisez-vous ! Ne dites pas cela ! Oh ! par grâce, taisez-vous !

Puis il se tut, et enfin, comme s'il ne pouvait garder plus longtemps ce secret qui l'étouffait, doucement, d'une voix si basse qu'à peine si Joubard l'entendit :

— Eh bien ! oui oui, c'est vrai, je l'aime !...

Et comme un arbre frappé par la foudre, son front s'abattit dans ses mains et il éclata en sanglots.

Joubard ne dit rien, le laissant pleurer, se soulager tout à son aise ; c'était son cœur qui crevait, sa souffrance si longtemps contenue qui se fondait enfin en une ondée salutaire de larmes. Et Jacques pleura longtemps, longtemps, car sa douleur était vieille, et depuis si longtemps elle logeait en cette âme ulcérée qu'elle l'eût étouffée ; ces pleurs le sauvaient.

Enfin, ses sanglots s'arrêtèrent et au milieu de ses larmes, Joubard l'entendit qui disait :

— Oui, c'est vrai, je l'aime ! Mais je vous assure que je n'en savais rien; que je l'ignorais complètement et que je me demande encore comment cet amour a pu germer en moi. Elle était si triste et je la devinais si malheureuse avec ce chagrin qui brisait sa vie, et puis elle est si belle ! Je me suis apitoyé d'abord et ma pitié m'a entraîné, et maintenant vous le voyez, le mal est fait, irréparable, sans espoir, je l'aime !...

Joubard l'écoutait, attristé.

— Cela devait arriver, dit-il, et ce dénouement, je l'attendais depuis longtemps. Peut-être aurais-je dû intervenir, vous avertir, essayer de vous arrêter au bord de cet abîme où vous couriez fatalement. Mais à quoi bon ! Le mal était fait, je n'aurais que retardé votre chute. Mais je vous connais, Jacques, je sais que vous êtes bon, que votre âme est grande, et je ne doute pas de ce que vous allez faire.

Jacques releva vers lui sa tête bouleversée par la douleur, et simplement il répondit :

— Me taire et souffrir !

Puis il se leva, maître de lui maintenant et, debout devant son ami :

— Ah ! vous ne savez pas ce qu'est ma vie ! et combien la fatalité m'écrase depuis quelques mois ! Ecoutez, Joubard : mon père était riche et l'avenir s'ouvrait devant moi radieux et triomphant. Je voulais être musicien et rien ne s'opposait à ma marche victorieuse ; les routes s'aplanissaient devant moi, les obstacles s'abaissaient et libre, heureux, je poursuivais mon chemin, droit vers le but glorieux que je m'étais donné. Mais c'était trop de joie, c'était trop de bonheur, et le sort est venu me barrer la voie et creuser un abîme infranchissable sous mes pieds. D'abord, ça été la ruine, mon père mort, ma fortune dispersée et la fin de mes rêves. Obligé de quitter Paris, de venir ici, de gagner ma vie et le pain de ma mère et ce coup terrible du sort, je l'ai reçu sans murmurer. M'avez-vous vu me plaindre ? me révolter ? Vous êtes-vous douté qu'à chaque pas que je faisais en cette usine, c'était sur mes rêves que je marchais? Non! j'avais tout accepté, et, confiant, je recommençais ma vie, sentant en mon âme la douce satisfaction du devoir accompli. Et je pensais que c'était fini, je croyais que c'était assez de malheur, assez de désillusion pour mon cœur ! Vous le voyez, la coupe n'était pas encore pleine, et il faut que je la vide, maintenant, jusqu'à la lie !

Il s'arrêta une minute, l'œil hagard, semblant évoquer les jours passés le champ de mort où gisaient ses rêves, tels des oiseaux aux ailes cassées.

Joubard l'écoutait, ému.

Il reprit :

— Oui, jusqu'à la lie! Car du moins si j'avais sacrifié ma vie, il me restait mon cœur, mon cœur libre et fier, qui était à moi, bien à moi, et que je gardais jalousement ; vous le voyez, il m'échappe, puisqu'il vient de s'ouvrir à l'amour ! Et ce n'est point l'amour triomphant, l'amour divin qui avive tout ce qu'il touche, qui amène avec lui la joie et l'espoir, c'est un amour sans issue, douloureux infécond, qui meurtrit mon âme et empoisonnera mon cœur à jamais ulcéré, car celle que j'aime ne m'aimera jamais ! Elle ne le peut pas, elle ne le doit pas surtout ; jamais je ne connaîtrai son amour et c'est un autre qui en cultivera la fleur. Oh ! Joubard ! si vous saviez ce que je souffre !

Et Jacques retomba, plutôt qu'il ne s'assit, sur le banc du jardin, sanglotant de nouveau et tout secoué par cette crise de larmes.

— La jalousie ! La jalousie ! reprit-il enfin. Cette affreuse torture, je l'ignorais, puisque je n'avais jamais aimé. Oh! combien cela fait mal! C'est le poison qui coule dans vos veines et qui empoisonne votre âme à jamais. Dès ce jour, dès cet instant, je n'aurai aucun repos, car je les verrais toujours elle et lui, au bras l'un de l'autre, tous deux souriants. Enfin, trouvez-vous que c'est juste, Joubard? Ayant sacrifié ma vie, n'avais-je pas mon lot de souffrance ? Et méritai-je cet autre martyre, cet amour sans espoir, cet amour jaloux, cette si intolérable torture qu'auprès d'elle tout n'est rien ! J'avais souffert, c'est vrai, mais l'amour eût pu me consoler, je le sens maintenant, et cet amour que je n'appelais point, il vient à moi pour me torturer davantage encore!

Joubard écoutait sans mot dire. Et quels mots eût-il pu prononcer qui eussent consolé une semblable douleur ! Il n'y avait rien à dire, il n'y avait rien à faire que le laisser pleurer et longuement exhaler sa plainte contre la vie qui se montrait si dure pour lui. Il n'y avait pas à se débattre, il n'y avait pas à lutter contre l'irréparable; le mal était fait désormais, rien ne pouvait le guérir, et il ne restait plus à Jacques, come il l'avait dit tout à l'heure, qu'à se taire et souffrir.

C'était d'abord ce qu'avait pensé Joubard, sous le coup de cette émotion profonde. Cependant, il se reprit vite. Sa philosophie de simple et de naïf, sa confiance en la vie lui revint bientôt.

Joubard savait bien qu'il n'y avait rien d'irréparable que la mort et le lendemain ne l'inquiétait guère. Il pensa que Jacques, avec sa nature d'artiste, tout à l'impression du moment, devait souffrir atrocement, mais que la blessure faite à son âme serait vite cicatrisée, et dès lors il ne s'inquiéta que de l'instant, remettant à demain le soin de réconforter Jacquees et de lui montrer le bon chemin en cette impasse difficile.

Il attendit donc que la crise fut calmée, puis quand il vit Jacques plus tranquille, il se retira faisant promettre au jeune affligé de se coucher, de bien dormir, et que demain on causerait.

Joubard regagna sa villa; Jacques rentra chez lui. Longtemps il songea, puis il s'endormit harassé par les incidents de la journée.

Le lendemain en arrivant à l'usine, Joubard s'en vint trouver Jacques au bureau. Il le trouva complètement calmé, maître de lui, en train de dépouiller sa correspondance.

Et comme il s'apprêtait à lui parler de la veille, Michel Cordier entra dans le bureau.

Sans sourciller, sans qu'un muscle de sa physionomie tressaillît, Jacques lui serra la main comme il le faisait d'habitude, puis il lui tendit les lettres du courrier qui l'intéressaient, et d'une voix ferme, lui donna deux ou trois ordres.

Après la scène de la veille, cette attitude étonna Joubard. Aussi, quand Michel fut parti, il évita de parler au jeune homme de la soirée, se contentant de l'entretenir des affaires du service courant.

De son côté, Jacques ne fit aucune allusion à sa douleur; seulement, quand Joubard sortit pour regagner son bureau:

— Je suis fort, dit Jacques. Tout est oublié.

Et il eut un triste sourie, où Joubard lut toute l'amertume de ce cœur débordant de tristesse.

Et tout le long du jour, Jacques vaqua à ses occupations, tranquille comme à l'ordinaire, sans que personne ne se doutât du combat qui se livrait en cette âme.

Joubard lui-même n'en revenait pas, et plusieurs fois, dans le courant de la journee, ayant rencontré Jacques, tout au tracas de la direction de la fabrique, se souvenant de la phrase qu'il avait prononcée le matin, il murmura :

— Mâtin ! Oui, il est rudement fort !

Seulement, à six heures, lorsque la cloche eut annoncé la fin de la journée et que Jacques rentra dans son cottage, alors seul avec lui-même, n'étant plus contraint de garder sur la figure son masque d'indifférence, brisé, il tomba sur une chaise et se prit à pleurer encore.

Alors, il comprit tout ce qu'avait dû souffrir Suzanne qui, deux ans durant, s'était contrainte, avait pu cacher sa douleur à tout le monde, s'était montrée pleine de dédain et de froideur, sans qu'une minute elle eût trahi la torture de son pauvre cœu blessé.

Mais il entendit un bruit de pas sur le sable de la route, et bientôt la porte du jardin s'ouvrit.

C'était François le garçon de cantine, qui lui apportait son dîner.

Il essuya sa face ruisselante de larmes, ne voulant pas qu'on sût qu'il avait pleuré.

François était rayonnant.

— Eh bien! fit-il en posant sur la table du jardin les plats qui remplissaient son panier. Cette fois, il paraît que ça y est !

Jacques le regarda. Il comprit à la physionomie souriante du garçon qu'il y avait quelque nouvelle histoire; et pensant que cela le distrairait, que cela changerait peut être le cours de ses sombres idées:

— Qu'est-ce qu'il y a? demanda-t-il.

Il n'en fallut pas davantage pour que François

parlit, dévidât son rouleau, narrât son histoire vidât son sac.

— Ce qu'il y a? fit-il. Eh bien, tout simplement que cette fois c'est pour de bon. Oh! il y a assez longtemps que ça traine, bon sang de bon sang! C'est pas trop tôt que cela prenne fin, et au contentement de chacun.

Jacques se mit à rire.

— Mais qu'est-ce encore!

— Comment, vous ne savez pas?

— Et comment voulez-vous que je sache, puisque vous ne dites rien!

— Mais toute la fabrique en parle. Ca s'est su à quatre heures, et, depuis, on ne cause pas d'autre chose!

— Mais enfin!....

Mais François s'étonnait.

— C'est tout de même extraordinaire que vous qui êtes à la tête de la fabrique vous ne sachiez pas un mot de ce qui s'y passe et que ce soit moi, un pauvre domestique de rien du tout, qui soit obligé de vous apprendre toutes les nouvelles!

— Voyez-vous, dit Jacques, que ce préambule amusait, j'ai tant d'autres choses à faire, que ma foi!

— C'est vrai, répondit François naïvement, quand on a le souci d'une maison pareille.....

— Enfin me direz-vous votre nouvelle!

— Ah! vous pouvez le dire, une nouvelle! Figurez-vous que cette fois-ci, c'est décidé, Mademoiselle Milon épouse M. Cordier.

Si maitre de lui que fût Jacques, cette nouvelle, apprise comme cela à brûle-pourpoint le frappa droit au cœur. Il eut comme un éblouissement et une pâleur de mort envahit sa figure.

François s'en aperçut.

— Vous êtes malade, M. Dubourg?

Il était trop simple pour deviner la raison de ce malaise subit.

— Non! ce n'est rien, dit Jacques. Cela m'arrive quelquefois, c'est le cœur.

— Vous n'avez besoin de rien?

— De rien, merci, ça va mieux.

Et de fait, par un effort sur lui-même, Jacques venait de reprendre ses sens. La paleur disparut, il ne lui restait plus qu'un tremblement nerveux dans tout le corps.

Rassuré, François reprit:

— Oui! Vous savez que la demoiselle s'est fait longtemps tirer l'oreille, sans ça il y a beau temps que ça serait fait.

Mais il paraît que ce matin, elle s'est brusquement décidée, elle a dit à sa tante: « puisque ce mariage vous fait tant plaisir eh bien allons-y! j'épouse votre Michel Cordier! »

Jacques n'écoutait plus.

Ainsi, il ne fallait plus en douter, c'était bien sur son conseil, grâce à lui, grâce à lui seul, que Michel Cordier allait épouser Suzanne; cette union qui faisait son malheur à lui, c'était lui qui en était le promoteur: sans lui, sans la scène de l'église, sans l'appel à la résignation, sans les paroles d'espoir qu'il avait dites à Suzanne, ce mariage ne se faisait pas, ou du moins ne se faisait pas encore. C'était lui, lui seul qui était son propre bourreau.

Cependant à ses côtés, François parlait toujours. Il disait la joie de Michel Cordier et surtout de sa mère, et il disait aussi les commentaires des ouvriers qui n'aimaient pas trop Michel, le trouvant trop fier, trop cassant avec eux, pas assez bon garçon.

Il parlait, parlait, et c'était un bourdonnement confus aux oreilles de Jacques, qui ne l'écoutait pas, abimé dans sa douleur.

C'était fini, bien fini maintenant. Hier soir, ce matin encore, il avait espéré; ce mariage ne se ferait peut-être pas. Suzanne n'écouterait pas son conseil; mais maintenant il savait, il était édifié : Suzanne l'avait écouté, Suzanne était soumise, Suzanne épousait Michel Cordier.

François avait fini son histoire, et maintenant voyant que Jacques ne mangeait plus, il ramassa sa vaisselle, dans la hâte qu'il avait de colporter ailleurs la bonne nouvelle, comme il disait.

Et Jacques resta seul.

Et il demeura là sur sa chaise, le cerveau vide, la tête bourdonnante, l'œil perdu au lointain, hébété, comme foudroyé sous le nouveau coup qui l'assominait.

Et dans la débâcle de son esprit, une seule phrase lui revenait, une seule pensée : Suzanne allait épouser Michel! Suzanne allait épouser Michel! et il la ressassait, cette phrase, comme ces refrains stupides qu'on fredonne à la sortie du café-concert, inconsciemment, sans y songer : Suzanne épousait Michel! Suzanne épousait Michel!

Et soudain, dans le chaos de son âme, dans le vide de son esprit, une image se dressa, nette, précise, fatale: Suzane au bras de Michel!

Et ce fut une douleur qui le poignit à le faire crier.

Ah! cette Suzanne qu'il aimait, qu'il adorait maintenant de toute la vigueur de son esprit, de toute la force de son cœur, elle allait être à un autre! Ah! qu'il souffrait! Quel supplice que cette vision qui se précisait en lui, et quelle torture que cet amour qui lui fleurissait au cœur, en une cruelle jalousie!

Et tout à coup, il eut un rire fou.

Jacques venait de songer à cette chose: que sa jalousie était vaine comme son amour et qu'il n'avait pas le droit d'être jaloux de Suzanne, puisque personne ne lui avait donné le droit de l'aimer.

C'était vrai pourtant, que cette torture était imbécile, et ce martyre qu'il subissait, c'était lui, lui seul qui en était le bourreau! Que lui importait à lui, chétif employé, que Mlle Milon épousât celui-ci ou celui-là? Si ce n'était pas Michel, ce serait un autre et Michel n'était point un rival, puisque lui, Jacques, n'était point un prétendant, puisqu'il ne comptait pas, puisque nul ne faisait attention à lui, qu'il était le dernier des derniers!

Oh! triple fou, orgueilleux qui se croyait quelque chose, qui aimait cette fille si loin de lui!

Et cependant son amour était plus fort que la raison.

— Mais je l'aime, je l'aime! clama-t-il.

Et emporté par la folie, bramant sa plainte, il sorti de chez lui, courant au hasard et il s'enfonça dans la nuit.

## VIII

### L'AME DE SUZANNE

François avait dit vrai, et la nouvelle qu'il avait annoncée à Jacques était exacte en tous points.

Le lendemain du pélerinage à Saint Jean, Suzanne était venue trouver sa tante, et très simplement lui avait dit.

— J'accepte Michel Cordier. Voici deux ans que j'hésite; mais j'ai réfléchi, je suis prête. Nous nous marierons quand il vous plaira.

Ces paroles avaient ravi Mlle Honorine. Elle avait embrassé sa nièce.

— Je savais que tu accepterais!

Puis elle était partie bien vite pour annoncer la bonne résolution de Suzanne à son père d'abord et surtout aux Cordier.

Il y avait deux ans en effet, qu'on avait proposé ce mariage à Mlle Milon. Elle avait dix-huit ans et sortait du couvent depuis quelques mois à peine. Mais à cette proposition, elle avait jeté les hauts cris: Jamais jamais elle n'épouserait Michel Cordier. Ni les prières, ni la persuasion, ni les menaces même, n'avait pu l'ébranler: elle accepterait tout plutôt que Michel Cordier, sa résolution était irrévocable, elle ne l'épouserait jamais !

M. Milon, cependant tenait à ce mariage et Mlle Honorine plus peut-être que son frère, bien que pour des raisons diférentes.

Parti de rien, fils d'un simple maréchal-ferrant, M. Milon était devenu, par son intelligence et son travail, un des plus riches industriels du Midi: sa fabrique de papiers peints était renommée de Lyon à Marseille et son nom était universellement connu. Quand sa femme mourut, ne lui laissant qu'une fille, une idée fixe le hanta, empoisonnant ses jours: que ce nom de Milon allait s'éteindre, et que cette fabrique qu'il avait faite si grande, si belle et si forte, tomberait forcément en des mains étrangères. Et cette pensée le torturait.

Un jour cependant, il recouvra le calme en découvrant un remède au mal dont il souffrait.

C'était bien simple: parmi les enfants du pays, il allait prendre quelqu'un qu'on lui montrerait intelligent et honnête, quelqu'un qu'il tirerait de rien comme lui-même, qu'il ferait instruire et qu'il donnerait plus tard comme maître de son usine et comme mari à sa fille. Ainsi, pensait-il, il assurerait l'avenir de sa fabrique et le bonheur de sa chère Suzanne: et rassuré, il vivrait tranquille et mourrait heureux et confiant.

Son choix était tombé sur Michel Cordier, qu'il avait fait élever, qu'il avait fait entrer à l'Ecole des Arts et Métiers et que finalement il avait mis à la tête de son industrie.

Et voilà que sa fille avait dix-huit ans, alors qu'il allait pouvoir réaliser le rêve de sa vie, voilà que Suzanne opposait un refus catégorique à ce mariage, et que toutes les espérances de M. Milon venaient se briser contre ce non irrévocable.

Pour Mlle Honorine, d'autres pensées la poussaient dans le choix qu'elle avait fait de Michel Cordier pour mari de sa nièce Suzanne.

Mlle Honorine, qui ne s'était jamais mariée pour se consacrer entièrement au ménage de son frère veuf de bonne heure, et surtout à l'éducation de sa nièce, Mlle Honorine aux approches de la trentaine, s'était versée tout entière dans la religion.

Et ce qui l'avait charmée, ce qui l'avait subjuguée dès l'abord dans Michel Cordier, c'était sa piété et sa dévotion. Elle l'avait jugé, de ce fait, bien au-dessus des jeunes gens de son âge, et c'était de bonne foi qu'elle pensait que Michel ferait un excellent mari, et que Suzanne ne trouverait le bonheur qu'avec lui.

Aussi, comme son frère, était-elle indomptable dans sa résolution de donner la main de sa nièce à Michel Cordier.

Dans ces conditions, l'entêtement de Suzanne s'était buté contre l'entêtement de son père et de sa tante, et durant deux ans ces deux volontés s'étaient contrariées, ne cédant rien : M. Milon et Honorine confiants dans l'avenir, attendant l'heure qui sonnerait leur triomphe et Suzanne se renfermant en elle-même, luttant quand même, opposant son indifférence, son mutisme aux assauts de M. Milon et de Mlle Honorine.

Et cela durait depuis deux ans ; et voici, enfin, que Suzanne était vaincue, que Suzanne se résignait, que Suzanne acceptait tout ce qu'on voulait.

Ce fut une journée de joie chez les Milon, et surtout chez les Cordier, qui, patients, attendaient depuis si longtemps le résultat de la lutte engagée.

Mais, cependant, que s'était-il passé dans l'âme de la jeune fille ?

Avait-il suffi d'une crise de larmes dans la chapelle basse de Saint-Jean et des paroles de Jacques Dubourg pour fondre une volonté endurcie pendant deux ans ?

Au seuil de sa dix-huitième année, quand Suzanne sortit du couvent où s'était écoulée son enfance elle arriva à Saint-Paul souriant à l'avenir qui s'ouvrait si beau devant elle. Elle était belle et elle le savait ; elle se savait riche aussi, énormément riche, assez riche et assez belle pour se donner le mari de son choix, celui qu'elle élirait entre tous. Et ce mari, bien souvent elle y avait songé, et bien souvent, en ses rêves ingénus de fillette, elle avait par avance arrangé sa vie. Et ce mari, peu lui importait qu'il fût brun ou blond, elle le voulait seulement de bonne allure et superbement intelligent, un artiste même. Oh ! un artiste glorieux, dont la foule aurait murmuré le nom sur son passage, et qui n'aurait jamais marché qu'au milieu d'un nimbe de gloire ! Et quelle existence elle mènerait avec lui ! Quelle vie pleine de douceur et de tendresse ! les jours remplis de plaisirs et de joies ! le théâtre, les bals, les dîners les réceptions où elle rayonnerait, où elle serait reine par sa beauté et par le nom glorieux qu'elle porterait ! Mais ce n'est pas à Saint-Paul qu'elle trouverait cette vie, ce n'était pas entre les murs fumeux de l'usine paternelle, c'était à Paris, cette ville dont le nom seul la faisait frissonner, se pâmer d'aise, à Paris, où elle trouverait tout ce dont son âme avait besoin de luxe, de délicatesse et de grandeur. Et elle ne se demandait point comment elle le trouverait, ce mari, cet artiste rêvé ; et elle ne se disait point qu'à Saint-Paul, sans amis, sans relations tout cela n'était qu'un rêve impossible et irréalisable, non, elle ne doutait pas qu'un jour il ne vînt la chercher, elle ne doutait pas qu'un jour il ne vînt pour l'emporter, toute frissonnante, en ce Paris de lumière et d'orgueil, en ce Paris qui était sa patrie et dont elle n'était qu'exilée, mais où, elle le savait, elle retournerait un jour, heureuse et triomphante, elle en était sûre, elle le sentait.

Et voici qu'au sortir du couvent on lui offrait Michel Cordier. Du plein azur où flottait son rêve il lui fallait retomber à cela, à ce Michel Cordier, c'est-à-dire Saint-Paul, la fabrique, la vie calme, sans fréquentation, sans orgueil, sans gloire. Etre belle, être riche, aimer le luxe, la vie large et devenir Mme Cordier ! Avoir rêvé un artiste glorieux dont on murmure le nom sur son passage et devenir Mme Cordier !

Et justement indignée, elle s'était récriée :

— Epouser Michel Cordier, jamais !

Et deux ans durant, elle s'était murée en sa volonté, ainsi que dans une forteresse.

Cependant les jours étaient passés où vainement elle avait attendu celui qui devait venir, celui qu'elle espérait, celui dont elle rêvait, l'artiste qui la viendrait chercher et l'emporterait à Paris dans sa gloire. Car pas une minute elle ne doutait de son rêve ; il viendrait, elle le savait, elle en était certaine, et cette attente affermissait sa volonté, et maintenant muette, indifférente, dédaigneuse de tout, elle se renfermait en son rêve, attendant toujours.

Et un jour, enfin, son cœur avait battu.

Maître Monin était venu et avait parlé de Jacques. Il avait dit l'intelligence du jeune homme, son talent, son avenir, et aussi sa grandeur d'âme dans le malheur qui le frappait, son dévouement, son sacrifice et comment il abandonnait ses rêves pour nourrir sa mère et assurer le bonheur de sa jeune sœur.

Suzanne avait écouté tout cela émue, ravie et tressaillante ; si c'était lui, celui dont elle rêvait, celui qu'elle attendait depuis si longtemps !

Puis Jacques était venu, et quand il avait joué, là sur ce piano, cette symphonie de Beethoven, elle avait senti son cœur se fondre, et tout son être s'était réveillé, lui criant : « Le voilà, celui que tu espères ! »

Et dès lors, réconfortée, elle avait attendu. Elle avait attendu un mot, un geste, un rien, de Jacques, qui l'aurait appelée, qui l'aurait entraînée, qui l'aurait fait se donner à lui tout entière, pour toujours, pour la vie. Car, dès lors son rêve avait pris corps, son rêve s'était matérialisé devant elle, et comme en un coup de folie, son esprit s'envolait en de nouvelles chimères.

Elle se félicitait de l'avoir attendu, puisqu'il était venu, puisqu'il était là, près d'elle, à ses côtés, l'élu de son cœur. Et combien plus beau, combien plus digne encore qu'elle ne se l'était imaginé, paré de combien de qualités auxquelles n'avait point songé ! Et son rôle lui apparaissait plein de tendresse, de dévouement, d'adoration. Pauvre, il était pauvre et par elle il allait devenir riche ; non seulement elle allait lui apporter l'amour, mais encore la fortune, la fortune qui allait faire de lui l'artiste génial qu'on salue au passage ; et comme elle serait fière en sa joie de penser que c'était elle, elle seule qui aurait sacré ce génie, qui l'aurait déchaîné à travers l'admiration du monde.

Et des jours se passèrent où Suzanne rêva toujours ; et le soir, parfois, en sa chambre, elle s'étonnait, s'impatientait que Jacques n'eût rien dit ; que rien, ni un geste, ni un mouvement n'eût trahi qu'il l'aimait, et que c'était pour elle, pou elle seule qu'il était venu. Car de cela elle ne voulait douter ; ce que Maître Monin avait dit : Fable, mensonges ! Que Jacques fût ruiné, peut-être ; mais qu'il abandonnât son art, elle ne le pouvait comprendre, n'admettait que ce motif pour qu'il vînt ici s'enterrer au milieu de cette usine : l'amour qu'il devait avoir, qu'il avait sûrement pour elle. Car, hors l'amour, quelle force était assez grande pour arracher un artiste à ses rêves, pour le faire tomber des cimes inaccessibles aux matérialités de la vie ! Et elle cherchait des exemples, ne trouvant dans l'art que des martyrs et pas un seul rebelle, pas un traître, aucun transfuge !

Non, c'était certain, Jacques l'avait vue un jour ; où ? elle l'ignorait, mais il l'avait vue et il l'avait aimée. Et la sachant seule isolée, triste, persécutée, pour s'approcher d'elle, il avait usé de ce stratagème ; et son père, sa tante, maître Monin lui-même, tout le monde, y avait cru. Mais elle !... Ah ! son cœur ne la trompait pas ; il avait si fortement battu à l'arrivée de l'Elu !

Et maintenant, elle espérait. Chaque matin elle songeait : ce sera pour aujourd'hui. Tout à l'heure, elle allait le voir se dresser devant elle, lui prendre les mains, lui dire :

— Je t'aime ! Viens ! Sois ma femme !

Et elle lui sourirait, tout de suite, et elle le suivrait où il voudrait, partout, jusqu'au bout du monde, puisqu'il était l'Elu le maître auquel elle se gardait depuis si longtemps.

Mais Jacques ne se dressait pas devant elle ! Jacques ne disait pas : Je t'aime ! Au contraire, Jacques la fuyait, elle l'avait remarqué ; Jacques la saluait à peine, juste ce qu'il faut. Qu'était-ce à dire, et pourquoi ne se déclarait-il pas enfin ?

Alors, elle songea à son attitude : qu'elle aurait dû peut-être se montrer plus gracieuse, plus avenante, le mettre à l'aise, lui parler même. Au contraire, elle restait froide, glaciale, de marbre, indifférente à ses saluts, dédaigneuse de toute sa personne, vivant près de lui comme s'il n'existait pas ! Peut-être l'intimidait-elle ; peut-être l'avait-elle rebuté par ses façons?

Mais non ! répondait-elle ; il sait bien que je l'aime que ce masque n'est pas pour lui, que ce masque est la forteresse sous laquelle je garde mon cœur fidèle et fier pour lui, pour lui seul. Et s'il ne dit rien, c'est que l'heure n'est pas encore venue.

Et voici qu'un jour, un dimanche, comme elle sortait de l'église avec sa tante, elles avaient rencontré Jacques, et sa tante avait invité le jeune homme à prendre place dans la voiture qui devait les ramener.

Il était en face d'elle, et tout le long de la route elle avait senti peser son regard sur elle, et ç'avait été comme une brûlure par tout son être. Oh ! ce jour-là, elle avait bien cru qu'il se trahirait, que son secret, enfin, lui échapperait. Et rien !

Durant le jour, avec sa tante, elle avait trouvé un prétexte pour rôder autour du cottage et, au travers des feuilles, elle l'avait aperçu, assis, rêvant. Rêvant à elle, pour sûr ! Et une envie folle l'avait prise de franchir la barrière, de se planter devant lui et de lui crier :

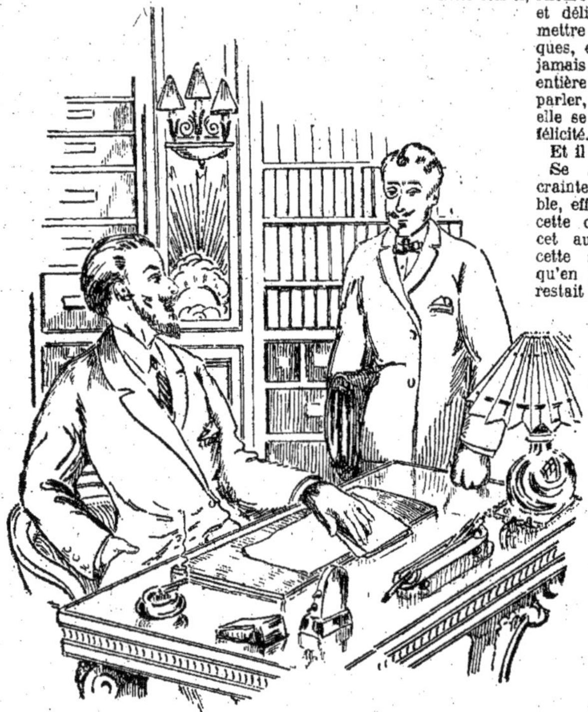

— *Le courrier! fit-il simplement* (p. 35).

— Je t'aime ! Ne m'aimes-tu donc pas ?

Puis, le soir, elle avait vu qu'il allait dîner chez Joubard; et, enfermée chez elle, en sa chambre, des heures et des heures elle était restée accoudée à sa fenêtre, l'œil fixé là-haut vers la villa du dessinateur, dont elle apercevait la lumière à travers les feuilles. Enfin, très tard, sous les rayons de la lune elle avait distingué Jacques qui descendait la colline et rentrait chez lui.

A quoi pensait-il ? Son âme n'était-elle pas pleine d'amour et ne déborderait-elle pas bientôt?

Enfin, c'était le pèlerinage à Montségué, l'affreuse torture d'avoir là, à ses côtés, Michel et Jacques : une souffrance si lancinante qu'elle éprouvait le besoin de s'isoler, de s'enivrer d'air et de lumière, de monter là-haut, au milieu de ces ruines, en plein ciel, en plein azur !

Oh ! comme elle avait tressailli quand Jacques avait offert de l'accompagner là-haut ! Une minute, elle était restée anxieuse, angoissée, mourante, en l'attente de l'autorisation qu'allait donner sa tante. Et quand celle-ci avait consenti, comme son cœur avait fondu en sa poitrine battant à l'étouffer !

Cette fois-ci, l'heure était venue, l'instant suprême et délicieux où elle allait pouvoir mettre sa main dans celle de Jacques, et, dans cette étreinte, lier à jamais sa vie, s'abandonner tout entière à jamais! Là-haut, il allait parler, c'était certain, et doucement elle se sentait mourir de joie et de félicité.

Et il n'avait rien dit!

Se serait-elle trompée?... Une crainte la saisit, une peur indicible, effroyable, qui l'avait menée en cette chapelle déserte, au pied de cet autel abandonné, en face de cette statue poudreuse et tandis qu'en l'angoisse de son âme elle restait là, sans pensées, écrasée, défaite, très douce, très triste, très douloureuse, cette harmonie qui était montée vers les voûtes de la chapelle, clamant la plainte, la désespérance de tout son être. Alors ç'avait été la débâcle, toute sa froideur s'étant fondue, et elle avait pleuré, pleuré, sans motif, sans cause, noyant son cœur, noyant son âme, se noyant tout entière en ce flot de larmes qui l'envahissait, débordait autour d'elle.

Et alors, confusément, elle avait entendu Jacques qui s'approchait, elle avait senti sa main prendre la sienne, et, défaillante, elle avait attendu.

C'était l'heure qui sonnait, l'heure de la délivrance, l'heure exquise de l'amour enfin conquis...

Oh ! dans le tumulte de ses sens, cette voix qui n'avait pas dit : Je t'aime ! cette voix qui avait pleuré les déboires de la vie au lieu d'en chanter les joies, cette voix qui avait prêché la soumission au lieu de clamer l'amour !... C'était comme une lame d'acier qui avait traversé son cœur, qui l'avait percé de part en part, et qui l'avait à jamais glacé sous sa cruelle morsure.

Son rêve venait de s'envoler, elle s'était trompée, il ne l'aimait pas!

Et elle était partie droit devant elle, vaincue, soumise à jamais.

A quoi bon lutter, maintenant ; pourquoi combattre, puisque celui qui devait venir était venu et que, frémissante, il l'avait exhortée à la soumission ?

Elle devait obéir, se soumettre, et le lendemain, froide et calme, elle s'était soumise. C'était fini, tout était consommé.

Durant tout le jour la joie avait régné autour d'elle ; son père était venu, exultant de bonheur, qui l'avait embrassée, choyée, retrouvant sa fille, la fille de sa pensée, la fille obéissante et soumise qui lui voulait faire une vieillesse heureuse ; puis ç'avait été les Cordier, la mère triomphante et glorieuse, chantant sa victoire et dominant de sa volonté victorieuse cette jeune fille enfin vaincue et terrassée, et Michel insignifiant, marcyant à ce mariage sans amour et sans peine, l'acceptant comme une chose promise, fatale, dont un jour ou l'autre l'échéance devait arriver.

Et en famille, tous les cinq seulement on avait fêté ces fiançailles; Mme Codier s'était démenée, avait apporté des bouquets et une bague, jolie, fine, enrichie de pierres, un joyau de prix, acheté depuis longtemps, mis de côté pour le grand jour.

Et, au dessert, Michel s'était levé, avait passé la bague au doigt de Suzanne, puis doucement avait déposé un baiser sur son front.

Sous ce baiser, Suzanne avait tressailli.

Inconsciente jusque-là, elle avait subi cette fête ces fleurs, cette bague même, mais ce baiser était de trop, ce baiser la brûlait.

Et le soir, rentrée dans sa chambre, seule enfin, elle se sentit sans force, épuisée par l'effort surhumain qu'elle avait dû faire tout le jour; et accoudée à sa croisée, l'œil perdu dans le vide, elle songea.

Ainsi, c'en était fait maintenant, elle était pour la vie liée à cet homme, à ce Michel Cordier qu'elle n'aimait pas, qu'elle ne pouvait aimer et ses jours allaient s'écouler, ici, dans ce même rayon, monotones et calmes, sans joie, sans gloire obscurs, ignorés. Et les beaux rêves qu'elle avait formés, les beaux rêves que si longtemps elle avait caressés s'en allaient à vau-l'eau, emportés par le tourbillon de la vie.

A ce moment, une étoile fila, se détachant du ciel et à travers l'immensité de la nuit, roulant pour s'en aller disparaître là-bas, derrière les collines et il lui sembla qu'elle emportait ses rêves, ses beaux rêves de joie et d'amour, là-bas, au loin, dans le néant glacial de la fatalité.

Et tout à coup, une colère lui monta au cerveau contre Jacques, ce Jacques, qu'elle adorait, elle, parce qu'il était l'élu, parce qu'elle l'avait cru le prédestiné, le Messie de ses rêves. Pourquoi ne l'avait-il pas aimée, ce Jacques, pourquoi ne l'aimait-il pas? N'était-elle pas belle, très belle, plus belle qu'aucune entre les belles? Il ne l'avait donc jamais regardée, car son cœur aussitôt eût brûlé, emporté par une flamme d'incendie...

Non, ce n'était pas possible, il l'aimait ! Il devait l'aimer !.....

Et cette pensée lui vint alors que Jacques l'aimait, et, que là-bas, au-delà de l'usine, il souffrait comme elle souffrait; cette idée lui vint que Jacques n'avait rien dit parce qu'il était pauvre et qu'elle était riche, parce qu'il n'était rien et qu'elle tout; parce que peut-être ne savait-il pas qu'elle l'aimait à en mourir!

Ah! folle, doublement folle d'avoir déguisé ses pensées, d'être restée froide et muette, alors que son cœur flambait de passion! Ah! triplement folle d'avoir obéi au lieu de se révolter! Oui, folle, folle, folle, de n'avoir pas crié à Jacques, dans la chapelle, quand il lui prêchait la résignation :

— Mais, c'est toi! toi seul que j'aime! et depuis longtemps, depuis des années; c'est toi seul que j'épouserai, car je t'aime, je t'aime!

Ah! si elle avait dit ce mot: je t'aime! Si elle l'avait laissé tomber de ses lèvres brûlantes de fièvre, il serait à ses pieds, maintenant, et cette bague au doigt, c'est lui qui la lui aurait donnée!

Et ce fut comme une folie qui la prit: brutalement, elle arracha de son doigt la bague qui la brûlait et la jetant à terre, elle la piétina.

Non! c'était assez de soumission, assez de froideur, assez d'indifférence, à bas le masque!

Son caractère prenait le dessus, et son amour et sa haine, et tous les sentiments qui agitaient son âme, elle les bramait à tous les vents, elle criait bien haut sa volonté inébranlable!

Et soudain, la pensée qui la brûlait envahit son cerveau, emportant sa raison; elle poussa un grand cri, étendit les bras, et comme une masse, s'effondra sur le plancher.

## IX

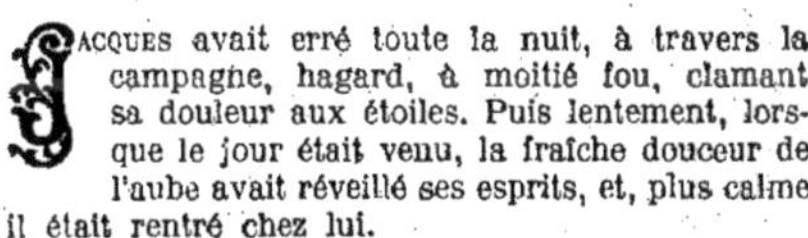

Jacques avait erré toute la nuit, à travers la campagne, hagard, à moitié fou, clamant sa douleur aux étoiles. Puis lentement, lorsque le jour était venu, la fraîche douceur de l'aube avait réveillé ses esprits, et, plus calme il était rentré chez lui.

Froidement, maintenant, il envisageait sa situation. Qu'allait-il faire dans cette conjoncture ?

S'il n'avait écouté que sa passion, il serait parti au loin chercher l'oubli, l'anéantissement; mais il pensa à sa mère à sa sœur, et son devoir lui commanda de rester.

Certes, c'était un supplice, intolérable, assister ainsi témoin impassible et muet, au bonheur d'un autre; voir ce mariage, et se matérialiser visible et tangible la vision qui le hantait et le torturait ; Suzanne heureuse au bras de Michel Cordier!

Eh bien! ce supplice, il le souffrirait. Désormais son cœur était mort et il y sentait comme une fissure par où s'était échappée sa vie.

Et pour se soustraire à la douloureuse hantise, il se réfugierait dans le travail, un travail acharné, sans relâche, sans trêve, sans répit.

Six heures sonèrent, et la cloche de l'usine se mit à tinter dans le silence de ce matin d'été.

A travers les branches de son jardin, un à un, il vit défiler les ouvriers de la fabrique se rendant à leur travail. Alors hâtivement, il rentra dans sa chambre, trempa sa tête dans l'eau, répara le désordre de sa toilette, et, calme, tranquille, reposé, dispos, il sortit de chez lui et se dirigea vers son bureau.

Joubard l'attendait sur le seuil de la porte; silencieusement il tendit la main à Jacques, puis :

— Vous savez le malheur ?

Jacques le regarda:

— Quel malheur ?

— Quoi? Vous ignorez? fit Joubard.

Et poussant Jacques dans le bureau, il ferma la porte, puis:

— Suzanne est malade, perdue peut-être, une congestion cérébrale !

Mais Joubard dut répéter sa phrase; Jacques ne comprenait pas, le regardait, stupéfait, assommé par l'imprévu de cette chose : Suzanne malade, Suzanne perdue, et pourquoi, mon Dieu! elle qu'il avait vue la veille, si vivante, si pleine de santé.

Joubard expliqua:

— Hier, on a célébré les fiançailles, vous savez! Oh! triste cérémonie; cela devait mal finir. Suzanne est rentrée dans sa chambre, tranquille, calme comme à l'ordinaire, et son père et Mlle Honorine se sont couchés. Tout à coup une heure après on a entendu un grand cri puis le bruit d'un corps qui s'effondrait sur le plancher. Mlle Honorine est accourue, et elle a trouvé sa nièce gisant au milieu de la chambre, inanimée, comme morte.

— Mon Dieu! Mon Dieu! murmura Jacques, le front dans la main.

Et l'on n'aurait pu dire si cette plainte s'adressait à la jeune fille ou à lui-même.

Cependant Joubard continuait:

— Alors, Mlle Honorine a crié au secours, tout le monde est monté, on a mis Suzanne sur son lit, on l'a dévêtue, car elle était encore tout habillée. On la croyait morte, tant elle était pâle et son pouls ne battait plus. Enfin le docteur est venu: « C'est une congestion cérébrale, a-t-il dit, peut-être la sauverons-nous! » Voilà.

Jacques était livide.

Ainsi à l'heure où il parcourait la campagne, entraîné par un coup de folie, courant au hasard, devant lui, comme pour fuir la vision et la pensée qui le torturaient, elle, là-haut, dans sa chambre, tombait foudroyée ! Entre ces deux folies qui presque à la même heure s'emparaient de leurs cerveaux, assommant l'une et poussant l'autre à courir sous les étoiles et dans la nuit, n'y avait-il pas quelque relation, quelque lien mystérieux et inexplicable

— Mon Dieu! Mon Dieu! murmurait Jacques.

— Maintenant, terminait Joubard, elle est là-haut, tremblant de fièvre, agonisant, murmurant des paroles inintelligibles. Et le docteur craint pour sa vie, moins encore peut-être que pour sa raison!

Morte! Folle peut-être!

Et Jacques songea tout à coup que tout cela était son œuvre. Sans lui, sans les paroles prononcées, Suzanne n'aurait pas accepté ce mariage. Elle serait là, chez elle, triste sans doute, mais vivante. Et c'était lui, c'étaient ses mots funestes, sa parole fatale qui avait déchaîné sur cette tête la folie, peut-être la mort!

Oh! qu'était-il venu faire dans cette maison où il avait apporté la fatalité et le malheur ? Pourquoi s'était-il occupé de Suzanne, pourquoi l'avait-il entraînée dans l'abîme où maintenant il roulait avec elle? Elle aurait vécu, et le temps aurait fait son œuvre, et doucement, sans heurt, sans brusquerie, elle aurait marché vers ce mariage qui lui faisait horreur aujourd'hui, mais que demain elle aurait accepté, heureuse et confiante. Et maintenant...., maintenant, c'était la mort ou la folie!

Et Jacques s'étonna : mort ou folie, il accepta cela avec calme; c'est sans un tressaillement de son âme, sans un déchirement de son cœur qu'il acceptait la triste éventualité.

Qu'importait? Est-ce que Suzanne n'était pas morte pour lui depuis la veille? Toute la nuit, il avait clamé la douleur de cette mort et il n'avait plus de larmes pour elle, et son deuil, il le portait déjà au fond de son être.

Même il préférait cela, cette mort véritable; sa jalousie du moins, disparaisssait, car, morte pour lui, elle l'était pour Michel, et puisque jamais elle ne serait à lui, du moins elle ne serait à personne.

Mais ces pensées égoïstes le révoltèrent. Quoi! c'était lui qui pensait ainsi? et il allait maintenant se réjouir de cet événément!

En vain il tâcha d'éloigner ces idées qui s'ancraient en lui, elles s'y incrustaient davantage encore et cela lui était une douceur infinie, un allègement inexprimable; sa peine disparaissait, ne lui laissant au cœur que la très tendre douleur de cette fin prématurée, de cette fleur fauchée si vite, de cette jeune fille, follement aimée, qui lentement s'acheminait vers le néant.

Et tout le jour il demeura dans la torpeur très douce de cette apaisante douleur. Vers le midi, il se dirigea vers la maison de M. Milon, écrasé par le malheur effondré en un coin, sur une chaise, et de Mlle Honorine, qui trompait son chagrin par un continuel va-et-vient de la chambre de Suzanne à la salle à manger, au salon, où les visiteurs affluaient.

Mme Cordier s'était installée dans la maison, Mme Joubard s'y trouvait aussi, venue dans la nuit. et comme Jacques sortait, il rencontra Michel Cordier qui arrivait, la tête basse, songeant.

Jacques vit comme une lueur en son œil. Etait-ce son amour fauché, ou ses rêves arrêtés dans leur essor, la terre promise qui lui échappait au moment où il allait y parvenir? Jacques n'aurait pu le dire.

Et tous deux se saluèrent, corrects.

Cependant le mal faisait son œuvre et la maladie suivait son cours.

Des jours passèrent, que Jacques vécut en l'attente de l'événement. Maintenant son cœur était apaisé, et son âme s'était comme reprise. Il semblait renaître à la vie, et tout souci s'était envolé de son être. Une tendresse seule lui restait pour la malade, une flamme d'amour très douce et très pure, et un jour qu'il vint la voir, qu'il l'aperçut, couchée en son lit, pâle, si pâle... ses grands yeux bleus couleur de ciel comme perdus en l'extase d'un songe, il rentra chez lui ranimé, il se sentit calme. C'était comme un printemps qui fleurissait en lui. La jalousie s'était enfuie à tout jamais, et il ne gardait en son cœur aucune haine contre Michel, rien que l'ardeur de son amour, mais un amour surhumain dégagé de toute passion, un amour de rêve où l'esprit seul était en cause, débarrassé des révoltes et des matérialités de la chair.

Un matin, enfin, le docteur se retira satisfait, plein de confiance et d'espoir. La mort était écartée, il ne s'agissait plus que d'éloigner la folie, et il assurait que c'était facile.

Jacques se réjouit de cette nouvelle; il retint même Michel qui venait chercher son courrier.

— Il y a donc du mieux, on pourra donc la sauver?

— Le médecin l'espère, répondit Michel, et il se retira, coupant court ainsi à toute conversation.

D'ailleurs, l'attitude de Michel avait changé. Lui qui marchait dans la vie, la tête haute, confiant et suffisant, si heureux de vivre, était maintenant courbé, souvent rêveur, inattentif même dans sa journalière besogne.

Jacques attribuait cela au souci de la maladie de Suzanne: mais Joubard lui donna la clé du mystère.

Les Cordier sont moins triomphants, leurs affaires ne marchent plus si bien, il paraît que leur influence baisse.

— Allons donc ! fit Jacques.

— Oui! la mère ne vient plus si souvent ici, et voyez comme Michel est songeur. M. Milon aurait-il enfin ouvert les yeux, a-t-il compris que la maladie de sa fillé n'avait d'autre cause que ce mariage qu'on lui imposait, qu'elle refusait depuis deux ans, et qu'elle n'a accepté que dans un coup de folie inexplicable, dont le résultat ne s'est pas fait attendre? L'avenir nous le dira. Mais il n'en est pas moins vrai que les Cordier semblent voir échapper leur proie. Oh! laissez que Suzanne guérisse et je crois que nous allons rire!

Joubard détestait les Cordier. Cette nature simple et franche, répugnait aux bassesses et aux hypocrisies de la mère et du fils, et tout haut, il se réjouissait de voir amoindrir leur influence.

Jacques hochait la tête, il n'avait plus peur de Michel, il avait compris que cette maladie l'éloignait à tout jamais et que Suzanne guérie, n'épouserait jamais Michel Cordier. Et cela lui suffisait, maintenant, et il ne songeait pas que, Michel écarté, un autre se représenterait: que fatalement, Suzanne appartiendrait à un autre ne serait jamais à lui, mais cet autre, c'était l'inconnu, l'X mystérieux qui n'était pas encore venu, dont rien ne laissait présager l'arrivée, et il ne le craignait pas, il n'en avait pas peur.

Mais, impatient, il attendait la guérison de Suzanne tranquille pour l'avenir, comprenant que c'était fini de souffrir et que son cœur allait pouvoir revivre.

Et un matin, en entrant à l'usine, Jacques trouva Joubard radieux. Suzanne était sauvée, guérie presque, convalescente en tous cas, tout danger désormais écarté. Elle avait repris ses esprits dans la nuit, la raison lui était revenue, elle avait regardé autour d'elle, elle avait souri à sa tante, à son père, et même...

Mais ici Joubard hésita.

— Et même?...... demanda Jacques anxieux.

Mais Joubard ne voulut rien dire.

— Rien! rien! fit-il embarrassé soudain.

Et craignant de parler, il s'en fut se hâtant, vers son bureau.

Qu'avait voulu dire Joubard, et pourquoi s'était-il tu ainsi, ne voulant pas achever sa confidence?....

Mais Jacques ne s'arrêta pas à cela, tout à la joie de la guérison de Suzanne, et laissant là son courrier, il s'en vint tout droit à la villa des Milon.

Mlle Honorine était sur le perron, très affairée, causant avec la bonne, donnant des ordres.

— Et Mlle Suzanne? demanda Jacques.

— Mieux! mieux! guérie! Le docteur est satisfait. Elle est revenue à elle cette nuit, enfin elle est sauvée! Vous ne le saviez pas?

— Si! Joubard vient de m'annoncer la bonne nouvelle! Et j'ai couru pour être sûr. Enfin!

— Il ne vous a pas dit autre chose, Joubard?

Et Mlle Honorine planta ses yeux dans ceux du jeune homme, comme pour pénétrer au fond de sa pensée.

— Non ! dit Jacques. D'ailleurs, il n'est resté qu'une minute avec moi.

Et tout en parlant, à son tour, il regarda Mlle Honorine, devinant qu'elle était inquiète, qu'elle se demandait si Joubard avait parlé, avait dit la chose qu'il fallait cacher, que Joubard allait dévoiler tout à l'heure et qu'il avait tue au dernier moment .

Quel était ce mystère?

Mlle Honorine baissait la tête, très perplexe et visiblement agitée et Jacques comprit qu'une lutte s'engageait en elle.

Enfin, elle sembla prendre une décision, releva la tête et regardant Jacques bien en face :

— Suzanne a prononcé votre nom en revenant à elle.

— Mon nom ? fit Jacques, qui se sentit rougir malgré lui.

— Oui ! Très doucement, mais assez fort pour que je l'aie entendu, et avec moi, Mme Joubard, qui était auprès du lit. Elle a dit : « Jacques!... » et son œil errait autour de la chambre comme pour vous chercher.

— Mon nom, murmura Jacques une seconde fois.

— Oui ! c'est drôle, n'est-ce pas ? que ce soit votre nom qu'elle ait prononcé en reprenant ses esprits, votre nom plutôt qu'un autre, plutôt...

Elle s'arrêta, et Jacques comprit qu'elle allait dire : plutôt que celui de Michel Cordier !

— Oui, en effet, c'est drôle répondit-il machinalement ; et sans ajouter un mot, il s'en alla troublé.

Son nom ! C'était son nom qu'elle avait prononcé ! Le rendait-elle responsable de ce qui était arrivé ? Etait-ce pour l'accuser, pour le maudire, qu'elle l'avait prononcé ce nom ? Ou bien ?... Oh ! ce n'était pas possible ! Qu'allait-il penser là, lui ?... Non, non ! si elle l'avait nommé, c'était l'accusation épouvantable, la désignation claire du coupable, la malédiction enfin qu'elle avait voulu jeter sur lui, qui l'avait si mal conseillée !

Il rentra dans son bureau.

Michel Cordier l'attendait.

— Le courrier ! fit-il simplement.

Mais l'accent de cette voix prononçant ces seuls mots le fit tressaillir, et le regardant, muet, il le trouva changé, affreusement pâle, avec l'œil brillant comme d'un éclair de haine. Savait-il ? Oui, il devait savoir, lui aussi, que c'était son nom, le nom de Jacques, que Suzanne avait prononcé d'abord, et ce nom, murmuré par la malade revenant à elle, allumait en lui la haine contre ce jeune homme, en qui il venait enfin de découvrir un rival.

Mais si ce nom prononcé en l'éveil de sa vie, déchaînait ainsi la haine de Michel, alors, ce n'était pas une malédiction ! Alors, c'était !...

— Mon courrier ! répéta Michel pour la seconde fois.

— Veuillez attendre une minute, dit Jacques ; je ne l'ai pas encore parcouru.

— C'est bien j'attendrai !

— Et Michel regagna son bureau.

Oui, c'était bien là le ton agressif de l'homme outragé dans ce qu'il a de plus cher.

Mais Jacques haussa les épaules.

— Bah ! fit-il.

Et il dépouilla sa correspondance.

Tout le jour, il demeura perplexe, pesant le pour et le contre, partagé entre les deux solutions du problème qu'il cherchait. Etait-ce de la haine ou était-ce... Et tout bas, dans le secret de son âme, il murmurait : de l'amour ?

Oui ! de l'amour ! Comment cette idée lui était-elle venue que Suzanne pouvait l'aimer, lui qui n'était rien pour elle, lui vers qui elle n'avait jamais abaissé les yeux, lui qui ne lui avait adressé qu'une fois la parole pour lui donner le fatal conseil qui l'avait amenée presque aux portes du tombeau ?

Oui, comment cette idée germait-elle en son esprit ? Etaient-ce les réticences de Joubard, les hésitations de Mlle Honorine en lui apprenant que Suzanne avait prononcé son nom, comme si ce seul nom, murmuré en cette circonstance, devait être gros de conséquences comme une sorte de déclaration !

C'était cela ou autre chose encore : vain espoir, illusion, pressentiment, qui lui faisaient croire à la réalisation de son désir, qui lui faisaient croire enfin qu'elle l'aimait, lui qui l'aimait tant !

Et le soir était venu sans qu'il s'en doutât ; six heures sonnèrent, les ouvriers quittèrent l'usine, et lui-même allait regagner son cottage quand, tout à coup, Mlle Honorine fit irruption dans son bureau :

— M. Dubourg ! M. Dubourg !

Jacques frémit pressentant un malheur.

— Qu'y a-t-il ? fit-il, opressé.

— Venez vite, Suzanne veut vous voir !

— Moi ? me voir ?

— Oui ! Deux ou trois fois déjà, dans la journée, elle a parlé de vous, demandant si vous étiez venu prendre de ses nouvelles. Et maintenant elle veut vous voir !

— Me voir ? moi ! répéta Jacques. Il n'en revenait pas !

Mlle Honorine lut son étonnement sur sa physionomie : elle expliqua :

— C'est un caprice de malade ! Le docteur a ordonné de ne la point contrarier, car elle est si faible !... Venez, M. Dubourg !

Jacques la suivit.

Ce fut comme un chaos dans son esprit, comme un vide, sa pensée s'écoulant tout entière par une invisible fissure, et son cœur était serré ainsi que dans un étau, en l'appréhension de ce qui allait se passer. Et toujours à la suite de Mlle Honorine, il traversa le jardin, monta les escaliers et entra dans la chambre de Suzanne.

Tout de suite, il l'aperçut dans son lit, très blanche, très pâle, amaigrie, avec ses yeux couleur de ciel, comme agrandis vivant seuls, en ce masque ravagé par la maladie. Belle, oh ! belle toujours ! mais d'une beauté divine, maintenant, d'une beauté d'ange, où rien d'humain ne semblait plus subsister.

Et quand elle vit Jacques, elle eut un pâle sourire.

— Merci ! fit-elle.

Et Jacques se rappela qu'une fois déjà elle avait prononcé ce mot. Mais alors il la sentait étrangère, loin de lui, tandis qu'à présent, il la comprenait conquise, à lui pour jamais !

Cependant, Suzanne le regardait, ravie ; doucement elle avança son bras, un pauvre bras si blanc et si faible et elle prit la main de Jacques, doucement la serra, une fois encore murmurant :

— Merci !...

Puis, comme si cet effort l'avait épuisée, elle ferma les yeux et s'assoupit.

Jacques rentra chez lui bouleversé.

Oh ! maintenant, il ne doutait plus. Elle l'aimait ! Elle l'aimait ! Comment cela s'était-il fait ? Il n'en savait rien, il ne cherchait pas à le savoir. Elle l'aimait ! Elle l'aimait ! Cela lui suffisait, il n'allait pas chercher plus loin. Elle l'aimait ! Elle l'aimait ! Et ces mots qu'il répétait lui remplissaient l'âme de reconnaissance et de joie, emportaient sa pensée, l'envahissaient tout entier comme une marée montante. Elle l'aimait ! Elle l'aimait !

Ah ! ses tristesses, ses souffrances, son martyre, tout ce qu'il avait subi, tout ce qu'il avait souffert, comme tout cela était loin maintenant ! Cela avait-il même existé ? Avait-il souffert ? avait-il pleuré ? avait-il désespéré ? Non ! c'était impossible ? Non ! cela n'était pas ! Elle l'aimait ! Elle l'aimait, et il était le plus heureux des hommes !

Ah ! la bonne soirée qu'il passa ! tout seul chez lui enfermé dans son bonheur, criant sa joie aux étoiles, ivre, fou d'amour, débordant de passion. Elle l'aimait ! Elle l'aimait ! Et de même que jadis sa douleur, sa joie, aujourd'hui, le tint éveillé fort tard, et ce n'est que bien avant dans la nuit qu'il s'endormit, lassé, brisé par cet immense bonheur qui lui venait.

Cependant, le lendemain, il s'éveilla plus calme, car il est des grandes joies comme des grandes souffrances ; elles nous montent, nous exaltent un moment, battent notre cerveau ainsi qu'une mer furieuse puis se retirent, ne nous laissant au cœur, infimes débris de la tempête, que le vague souvenir d'une douleur confuse ou la douce torpeur d'une ravissante extase. Nous nous habituons aux larmes aussi vite que nous nous accoutumons à la joie.

Après l'orage du passé, le bonheur maintenant s'acclimatait dans le cœur de Jacques, y fleurissait comme un renouveau.

Quand il eut expédié son courrier, impatient, il s'en vint à la villa des Milon.

Mlle Honorine était dans le jardin.

— Ah ! c'est vous, M. Jacques !

— Mlle Suzanne ?

— De mieux en mieux ! mais montez la voir, je vous prie.

Jacques monta, suivi de Mlle Honorine

Et, dès l'entrée, une chose le frappa. En un coin de la chambre, près du lit de la malade, on avait installé un piano, un piano droit, loué sans doute le matin même le grand piano à queue du salon n'ayant pu tenir en cette étroite chambrette de jeune fille.

— Oui, fit Mlle Honorine. C'est Suzanne qui a voulu qu'on mette là ce piano. Elle serait si heureuse si vous vouliez lui jouer quelque chose !

Et Suzanne se tourna vers Jacques, et, très faible, souriante :

— La « neuvième symphonie », voulez-vous, Monsieur ?

Jacques s'assit au piano, et doucement, assourdissant ses accords, joua cette œuvre magistrale qu'une fois déjà il avait jouée, le premier jour de son arrivée.

Suzanne écoutait dans son lit, radieuse, transfigurée et, quand ce fut fini, quand le dernier accord se fut envolé, Jacques s'étant retourné, vit Suzanne qui le remerciait dans un sourire.

Il s'approcha du chevet de la malade :

— Vous sentez-vous mieux ? demanda-t-il, ému, troublé, intimidé, ne trouvant que cette banalité en le flot battant de son esprit.

— Oui, mieux, répondit Suzanne en souriant. Je suis guérie maintenant, et si heureuse ! Ah ! si vous saviez !...

Elle se tut, ses grands yeux, ses yeux couleur de ciel, perdus là-bas, au loin, en le chaos douloureux des souvenirs défunts.

Et elle n'acheva point laissant Jacques deviner tout ce que pouvait contenir cette phrase interrompue, de joie, de ravissement, d'amour !

Ah ! si vous saviez comme j'ai été malheureuse deux ans durant, comme j'ai souffert, comme j'ai pleuré, comme j'ai dû meurtrir mon cœur en l'attente de celui qui ne venait pas ! Ah ! si vous saviez combien cela me faisait mal de rester ainsi dédaigneuse et insensible, alors que j'étais si pleine de vie et d'enthousiasme ! Ah ! si vous saviez comme mon âme s'est illuminée quand vous m'êtes apparu, enfin tel que je vous avois rêvé, et puis après, comme j'ai pleuré quand l'espoir s'est envolé, quand ma dernière illusion est morte, défaillante sous vos paroles de résignation ! Ah ! si vous saviez mon martyre lorsque, toute seule, j'ai pensé que peut-être vous m'aimiez et que, désespérée, je venais d'engager ma foi ! Mais, à présent, c'est fini, et si vous saviez comme je suis heureuse, comme mon âme se livre à l'espoir, car vous m'aimez, n'est-ce pas ?... Et je vous aime, moi, je vous aime !

Voilà tout ce qu'il y avait dans cette phrase, dans ce : « Ah ! si vous saviez !... » où Suzanne avait fait passer toute son âme. Jacques ne s'y trompa point, et ce mot, ce mot si petit, mais si plein, si sublime, lui remplit l'âme et il l'emporta comme une proie, heureux, consolé à tout jamais, car il était sûr, car elle le lui avait dit maintenant, elle l'aimait ! elle l'aimait !

## X

### L'ÉVEIL DU RÊVE

Suzanne allait mieux de jour en jour ; les forces lui revenaient lentement, et l'on était surpris de la voir renaître tout autre, gaie, joyeuse, confiante, telle qu'elle était jadis, enfin. La cruelle maladie avait été la crise salutaire, la débâcle qui avait emporté toute tristesse et toute mélancolie ; une nouvelle Suzanne apparaissait et, dans son entourage, tout le monde était ravi de ce changement.

Chaque jour, Jacques était venu et chaque jour il s'était mis au piano et avait joué quelque page des maîtres, que religieusement Suzanne écoutait, puis il s'approchait du lit, et quelques minutes ils restaient là, près l'un de l'autre, muets, mais si heureux ! Et de sa courte visite, chaque fois, Jacques emportait un ravissement qui l'emplissait de joie jusqu'au lendemain.

Un jour, enfin, Jacques trouva Suzanne, levée, assise dans le salon, toute emmitouflée de couvertures ; ç'avait été une grande joie de la voir levée.

Jacques allait s'asseoir au piano devant le grand piano à queue, quand Suzanne l'avait retenu d'un geste :

— Non ! pas de piano aujourd'hui ! causons, voulez-vous ?

Et, dans un sourire, elle ajouta :

— Il y a si longtemps que je ne parle pas !

Et Jacques s'était assis près d'elle, et il s'étonna d'entendre Suzanne qui lui disait :

— Vous aimez beaucoup la musique, n'est-ce pas ? Pourquoi en faites-vous si peu ?

Oui ! il s'étonna de cette phrase. Etait-ce un propos en l'air, une question banale, une amorce quelconque à une conversation ? Ou bien Suzanne avait-elle un but ignoré où elle marchait en lui parlant ainsi ? C'est ce qu'il se demanda durant la seconde qu'il hésita à répondre. Enfin, comme Suzanne le regardait :

— Mais, je vous demande pardon, Mademoiselle Je fais de la musique tous les soirs, quand je suis chez moi.

Mais Suzanne secouant la tête :

— Non ! non ! Oh ! je suis bien renseignée, allez ! Ma tante avait installé un piano chez vous, et à peine y avez-vous touché il est resté muet, oui muet, depuis que vous êtes ici !

Et Jacques, en riant, dut avouer que c'était vrai, que depuis qu'il était à la fabrique il ne s'était assis à son piano que bien rarement, qu'il avait délaissé ses auteurs, qu'il avait déserté la musique !

— Et pourquoi ? demanda Suzanne.

— Mais, Mademoiselle, parce que je n'ai pas le temps d'abord; que le travail de l'usine me préoccupe beaucoup, que lorsque je rentre le soir je suis fatigué et que je me repose, assis à mon jardin, que je me couche de très bonne heure, d'ailleurs, pour être de bonne heure debout le lendemain.

Mais Suzanne hochait toujours la tête, incrédule.

— Est-ce bien vrai ? disait-elle.

— Mais oui... je vous assure !...

Et il n'y a pas d'autre motif ?

— Aucun !

— Allons donc! c'est impossible! Un artiste, un véritable artiste, et vous en êtes un, n'abandonne pas ainsi le culte de son art. Quand on aime quelque chose, rien ne peut vous en détacher. Et vous aimez la musique n'est-ce pas ?

— Oh ! oui ! répondit Jacques.

— Vous voyez bien que si vous ne faites pas de musique, ce n'est point pour la cause que vous m'en donnez! qu'il y en a d'autres que vous taisez, mais que je devine bien!

— Vous voulez rire ! fit Jacques troublé malgré lui.

— Pas du tout ! Et même, si je voulais parler !...

Et du doigt elle menaçait le jeune homme.

— Eh bien ! voyons! fit Jacques résolument.

— Vous le voulez ?

— Oui, voyons vos raisons !

— Eh bien, si votre piano est muet depuis de si longs mois, c'est que vous n'osez l'éveiller de peur qu'avec lui ne s'éveillent aussi des souvenirs et des rêves que vous avez crus ensevelis au plus profond de votre être, et qui ne font que sommeiller. Est-ce cela ?

— Oui, c'était bien cela !

Jacques devint grave tout à coup, se souvenant, et il fut sur le point de s'écrier :

— Oh ! non, taisez-vous de grâce ! C'est vrai, ils dorment là, dans mon cœur, les rêves et les souvenirs d'antan, n'allez point les réveiller, car je suis heureux maintenant, et je souffrirais trop s'ils reprenaient leur essor.

Mais ce qu'il ne dit pas, Suzanne le lut sur sa physionomie et elle en parut ravie.

Se plaisait-elle à torturer cette âme ? On l'eût cru, car elle répéta :

— N'est-ce pas que c'est cela ? N'est-ce pas que j'ai raison ?

— Oui, c'est vrai, répondit Jacques d'une voix tremblante, malgré lui pleine de sanglots.

— Et si, par un coup du hasard, car je sais votre histoire, M. Jacques, et je connais votre dévouement, si par un coup du hasard la fortune vous revenait, si vous pouviez reprendre votre vie, quitteriez-vous cette maison, dites-moi ?

— Oh ! de suite ! fit Jacques illuminé soudain. Je courrais à Paris, où la gloire m'attend, où...

Mais il s'arrêta, comprenant tout à coup qu'il venait de se laisser emballer, et qu'il avait eu tort de parler ainsi.

Mais Suzanne battait des mains :

— Vous feriez cela! Oh! que je suis heureuse ! Et sans remarquer la stupeur où cette joie soudaine plongeait Jacques :

— Oh! écoutez, voici longtemps que je réfléchis à cela et j'avais peur que votre séjour ici, la matérialité où vous vivez, n'ait cassé les ailes à votre génie ; mais je vois que je me suis trompée, et j'en suis bien heureuse.

Tout cela bouleversait Jacques, il ne comprenait pas quel mystère cachaient ces paroles et quel intérêt elles pouvaient avoir ?

La porte s'ouvrit, et Mlle Honorine entra.

— C'est une visite, fit-elle.

— Une visite ! demanda Suzanne, avec une moue boudeuse, semblant dire :

— J'étais si bien, pourquoi me déranger...

Mais bientôt la moue s'évanouit et Suzanne pâlit affreusement.

Mme Cordier venait d'entrer.

Que venait-elle faire en ce salon, près de cette malade d'où on l'avait exilée depuis quelques jours, depuis que Suzanne avait recouvré sa raison ? Et pourquoi Mlle Honorine l'introduisait-elle ?

Etait-ce une dernière démarche qu'elle venait tenter ? l'assaut suprême, la définitive bataille qui allait fixer à jamais le sort des Cordier ?

Cependant, en voyant Jacques auprès de Suzanne, Mme Cordier s'était reculée instinctivement, comme si la seule vue du jeune homme avait éclairé sa religion lui avait montré la vanité de sa démarche.

Mlle Honorine surprit ce mouvement et en comprit toute la portée. Aussi :

— C'est Monsieur Dubourg qui distrait Suzanne, en lui faisant un peu de musique.

Ces mots touchèrent Jacques en plein cœur, à la fois dans sa fierté et dans son amour. Aussi se leva-t-il comme pour prendre congé.

— Je vous en prie, restez ! dit Suzanne : et comme un défi, ses yeux, ses yeux tout à l'heure si rieurs, si calmes, se portèrent tout à coup sur sa tante et sur Mme Cordier, comme pour les braver.

Et dans cette face de convalescente amaigrie par la maladie, ces yeux brillèrent d'un tel éclat que Mme Cordier y lut toute l'énergie de cette fillette qui, deux ans durant, lui avait opposé toute sa volonté.

Une minute elle fut sur le point de reculer, jugeant sa cause condamnée d'avance ; elle s'approcha cependant, emportée soudain par l'ardeur de cette nouvelle et suprême lutte. Elle se fit même gracieuse, souriante :

— Mais ne vous dérangez pas Monsieur Dubourg ! Je viens simplement dire bonjour à notre chère malade. Je suis si heureuse de la voir enfin rétablie tout à fait !

Suzanne ne répondit rien.

Quant à Jacques, son cœur battait à se rompre, en le pressentiment où il était qu'il allait se passer quelque chose.

Mlle Honorine cependant répondait :

— Oui! tout cela est fini, maintenant; mais nous avons été bien inquiets!

Et quelle douleur, que cette maladie foudroyante qui vient s'abattre sur nous, au soir d'une fête si délicieuse et si touchante ! Nous étions tous si heureux de ce mariage !

Elle s'arrêta, cherchant à lire sur la figure de Suzanne l'effet que produisaient ces paroles. Mais Suzanne ne sourcilla pas, distraite, ne semblant pas entendre.

Alors Mme Cordier continua :

— Oui ! bien heureux !... Mais enfin, vous voilà rétablie, forte, et bientôt, je l'espère, vous serez assez vaillante pour que ce grand bonheur que nous espérons tous se réalise enfin, pour que vous épousiez Michel!

Alors Suzanne se leva frémissante, un flot de sang marbra son visage, et d'une voix forte :

— Ce mariage, il ne se fera jamais !

Puis elle tomba sur son fauteuil.

— Suzanne! Suzanne! cria Mlle Honorine qui s'élança vers sa nièce.

Mais, Mlle Milon l'écarta d'un geste.

— Jamais ! reprit-elle. Deux ans, j'ai résisté, et vous n'avez pas eu pitié de moi ; deux ans j'ai souffert, et vous avez froidement piétiné mon cœur, me laissant souffrir en silence, sans trêve, j'ai accepté ce mariage qui me faisait horreur ! J'ai cru que je le pourrais supporter, et le résultat, vous l'avez vu ! Et maintenant à peine remise, à peine guérie de la maladie dont j'ai failli mourir, et dont le remords doit éternellement peser sur vous, maintenant vous revenez encore ! Ah ! c'est trop d'indignité c'est trop de honte ! je ne me marierai jamais, entendez-vous ! jamais !

Et comme si cet effort l'avait épuisée, elle pâlit ; puis sans connaissance, sa tête roula s'effondrant parmi les coussins.

— Suzanne ! Suzanne ! criait Mademoiselle Honorine. Vite ! des secours ! un médecin !

Jacques s'élança au dehors, effrayé par cette crise et tremblant pour les suites qu'elle pouvait avoir.

Cependant Mme Cordier regarda ce spectacle, son œuvre, écrasée, confondue, anéantie. Et ce qui l'oppressait le plus, ce n'était point la crainte que cette rechute pût être mortelle, mais c'était la fin de son rêve, c'était la défaite, la fuite définitive de ses dernières illusions.

Un moment, elle regarda Suzanne ; puis, honteuse elle sortit, droit devant elle, quittant à jamais cette maison où elle ne devait plus revenir.

Mais de tous côtés l'on accourait ; M. Milon qui, rassuré, avait repris le train de sa vie et ses visites à ses vignes, revint épouvanté, croyant à un épouvantable malheur, puis ce furent des ouvriers. M. Joubard, Mme Joubard elle-même, enfin le docteur que Jacques avait eu la bonne fortune de rencontrer sur sa route.

Rapidement, il considéra la malade évanouie, sans vie, sans mouvement, comme morte.

— Ce n'est rien, dit-il enfin, au milieu de l'angoisse générale. Portez-là dans sa chambre, ça n'aura pas de suite.

Et tandis que Mlle Honorine aidée de M. Milon et de Mme Joubard, transportaient Suzanne dans sa chambre, tout le monde se retira, comme soulagé, et lui-même Jacques, jugeant que sa présence n'était désormais plus nécessaire en cette maison, regagna son cottage, car six heures sonnaient, et un à un les ouvriers abondonnaient l'usine.

Et seul maintenant, il songeait à la scène à laquelle il avait assisté, à l'outrecuidance de cette femme, à la fière réponse qu'elle s'était attirée.

C'était fini, bien fini maintenant, entre les Cordier et les Milon; la fissure s'était faite lentement et lentement s'était élargie; c'était un abîme désormais infranchissable.

Qu'allait faire Michel ?

Quitter l'usine assurément, disparaître. D'ailleurs, pouvait-on le garder maintenant ? M. Milon ne devait-il pas lui faire comprendre qu'il était de trop et que sa présence était un danger pour sa fille ?

Mais encore, le comprendrait-il cela, M. Milon, en l'écroulement subit du rêve qu'il avait caressé ? Quelle attitude allait-il avoir? Quelle décision allait-il prendre ?

Ah! les rêves, les rêves longuement caressés, prêts à prendre corps et qui s'écroulaient ainsi, comme des châteaux de cartes, sous le premier souffle de la fatale destinée!

M. Milon l'avait fait ce rêve égoïste de ne point laisser éteindre son nom, de ne point abondonner son œuvre, et longuement il l'avait édifié, préparant tout pour sa réalisation.

Michel, élu entre tous, élevé choyé, destiné à sa fille, et au moment où tout allait s'accomplir à souhait, tout croulait, tout était emporté, tout était balayé comme par un tourbillon!

Et Michel, ce beau rêve de toute sa vie, ce rêve de fortune et de bien-être! Combien de fois avait-il dû jeter un regard de convoitise sur cette usine qui allait devenir sienne, qui serait sa propriété un jour, tout l'annonçait, tout le prédisait; et confiant, il marchait vers elle, tendant déjà la main. Un rêve balayé! emporté lui aussi par le tourbillon de la fatalité adverse!

Et lui-même qui jadis, avait rêvé la gloire et les lauriers où en était son rêve? Et Suzanne, où était le sien ? Car elle en avait un, elle devait en avoir un!

Des rêves! des rêves fragiles et légers comme la fleur qu'une seule nuit suffit à flétrir, comme un nuage qui passe et qu'un coup de vent balaie et emporte au loin.

Des rêves! des rêves!

Mais une voix le tira de ses pensées; une voix joyeuse:

— Eh bien! hein! les Cordier ?

C'était Joubard! Sa femme lui avait apris la nouvelle, et il venait trouver Jacques pour connaître les détails de la scène à laquelel ce dernier avait assisté.

Jacques la lui dit simplement comme elle s'était passée.

— Oh! ces gens! fit Joubard indigné, ces gens!

Mais il n'acheva pas.

Michel Cordier venait d'entrer dans le petit jardin.

Il était livide; son teint, pâle d'ordinaire, était bla

fard, ses yeux flamboyaient, et ses lèvres s'ouvraient en une sorte de rictus, découvrant les dents longues et espacées, comme des dents de renard.

Il s'avança vers Jacques, et d'une voix qu'il essayait de raffermir :

— J'ai à vous parler! fit-il.

— Je vous écoute, répondit Jacques, très calme, tandis que Joubard visiblement gêné se dirigeait vers la porte, craignant d'être importun.

Mais Michel se tourna vers lui:

— Restez, Joubard, vous pouvez entendre ce que j'ai à dire à « Monsieur ! »

Et dans ce mot « Monsieur » il sembla mettre toute sa haine et tout son mépris.

Pour la seconde fois, Jacques lui dit:

— Je vous écoute !

Alors Michel Cordier se planta devant Jacques, et dardant sur lui la double flamme de ses yeux chargés de colère:

— Allez vous continuer longtemps votre petit manège? fit-il.

— Que voulez-vous dire? demanda Jacques, toujours calme et impassible.

— Oui, je connais votre jeu! continua Michel qui ne se contenait plus maintenant. Dès le premier jour, j'y ai vu clair et je me suis méfié. Vous avez été le plus fort, je suis vaincu, mais tout n'est pas fini entre nous!

Jacques regarda Michel, se demandant s'il devenait fou.

De vrai, il ne comprenait pas un mot de toutes ces paroles.

Cependant Michel continuait, voyant que son adversaire ne lui répondait rien.

— Oui, je me suis défié de vous! Car je ne suis pas bêtement tombé dans le panneau de dévouement auquel tout le monde ajoutait foi ici! Du sacrifice, allons donc! Ah! vous avez dû bien rire, vous et votre complice, maître Monin, quand vous avez vu la crédulité de chacun! mais il fallait entrer dans la place! Oh! cela a dû vous être dur, vous, le Parisien, vous, l'artiste, de venir ainsi vous enfermer dans ce village perdu, au milieu de cette usine. Mais le morceau était gros, il valait la peine que l'on se dérangeât. Les riches héritières ne courent pas les rues par le temps qui vient!

Jacques bondit! Il venait de comprendre.

— Misérable! fit-il.

Et il allait s'élancer sur Michel.

Joubard l'arrêta.

— Laissez faire! dit il.

Michel n'avait pas reculé d'une semelle, et maintenant, hors de lui, il continuait :

— Oh ! vous avez bien agi ! C'est du joli travail ! Tout de suite vous avez compris la situation... Du côté du père, du côté de la tante, il n'y avait rien à faire ; mais la jeune fille était là, sans défense, et il est si facile de séduire une jeune fille !

Et Michel s'arrêta, attendant le choc.

Mais, cette fois, Jacques ne sourcilla point, il haussa les épaules.

Et ce calme, ce dédain, mirent le comble à la fureur de Michel, qui, ne se contenant plus, rompit toutes digues.

— Oui ! vous l'avez séduite, ensorcelée, que sais-je ? Elle est à vous maintenant, vous pouvez la prendre, l'épouser. Je m'en vais. Mais en sortant, je vous jette votre honte à la face. Vous n'êtes qu'un bandit, un coureur de dot, un suborneur !

Et hurlant de fureur, il partit, et longtemps on l'entendit encore crier :

— Suborneur ! Suborneur !

Jacques resta seul en face de Joubard, pâle et frémissant. Il avait dû faire un effort surhumain pour ne pas sauter à la gorge de ce misérable, pour ne pas l'égorger même, là, à ses pieds, comme un chien !

Et cet effort l'avait brisé. Il tomba sur une chaise, anéanti, sans force.

— Vous avez entendu ? fit-il.

— Le goujat ! répondit Joubard.

Puis après un temps :

— Qu'importe, nous en voilà débarrassés. La vipère a lancé son venin, mais elle est morte, bien morte, maintenant !

Et comme Jacques restait abattu sur sa chaise :

— Allons ! Jacques fit Joubard, en posant sa main sur l'épaule du jeune homme. La bataille est gagnée ; le champ est libre ; à quand la noce ?

Mais alors, comme soulevé par un ressort, Jacques se leva.

— Jamais ! fit-il simplement.

Et comme Joubard le regardait étonné :

— Comment ! Joubard, c'est vous qui me parlez ainsi ! Vouv avez entendu ce misérable, cet infâme, et vous me demandez quand j'épouserai Suzanne ? Jamais, vous dis-je, Jamais ! Et la preuve, c'est que je pars, c'est que je m'en vais, c'est que je retourne à Pierrelatte, et, à ma place, vous agiriez ainsi.

Et Joubard ne répondant rien :

— Oui, c'est vrai. J'aime Suzanne ! Je vous le jure, Joubard, j'aime Suzanne de toute la force de mon être, comme jamais personne ne l'aimera ! Oui, elle m'aime ! Je le sais, je l'ai deviné, je l'ai compris, et vous l'avez compris, et vous l'avez deviné comme moi ! Et c'est vrai aussi que j'ai pensé à l'épouser, que j'ai fait ce rêve de l'avoir à moi, à moi seul, toute à moi, toujours, toute la vie ! Mais vous avez entendu ce qu'il a dit, et ce qu'il a dit, tout le monde peut le penser, doit le penser, même, et tout le monde le dira demain. Vous rappelez-vous ce soir où vous m'avez trouvé sanglotant, éperdu, dans ce même jardin où nous sommes aujourd'hui ? Vous avez percé mon secret ce jour-là, et comme vous me demandiez ce que j'allais faire, j'ai répondu : me taire et souffrir ! Eh bien ! Joubard, c'est une lâcheté que j'ai commise ce jour-là. J'aurais dû partir; oui, partir, quitter cette maison, fuir cette jeune fille, ne plus la revoir ! Et je suis resté ! Mais ce que je n'ai pas fait, je dois le faire aujourd'hui, certes, j'en souffrirai, elle-même peut-être en souffrira aussi, car elle m'aime, Joubard, elle m'aime ! Mais mon honneur est en jeu, et sa voix est plus forte que mon amour, et je m'en vais, sans regarder derrière moi, déchirant mon cœur à tous les buissons de la route, mais gardant entier et pur mon honneur de brave qui ne séduit pas une jeune fille pour sa fortune! Et à ma place, Joubard, vous agiriez ainsi, et vous m'approuvez, n'est-ce pas; n'est-ce pas que vous m'approuvez ?

Joubard était ému, mais il comprenait les scrupules de Jacques, il l'approuvait. Oui, lui-même n'aurait pas agi autrement, et prenant la main du jeune homme, il répondit simplement :

— Partez, Jacques!

## XI

### LA DÉBACLE

Jacques, roulait maintenant sur la route de Saint-Paul-Trois-Châteaux, à Pierrelatte, cette même route qu'il avait parcourue quelques mois auparavant en compagnie de maître Monin.

Et ces mêmes paysages qu'il avait traversés l'âme anxieuse, marchant vers l'inconnu d'une existence nouvelle, il les revoyait aujourd'hui, le cœur mortellement blessé, saignant d'une blessure que rien peut-être ne pourrait guérir!

Il pouvait être neuf heures du soir; mais cette nuit d'été était très douce et très claire, irradiée par une lune qui baignait toute la campagne dans sa lumineuse poussière d'argent.

Jacques n'avait point perdu son temps: sa résolution avait été soudaine, irrévocable, et quand Joubard, approuvant et comprenant les scrupules de sa conscience, lui avait dit : « Partez, Jacques ! » sans réfléchir une seule minute, il était parti, sentant que c'était là son devoir.

Tandis que Joubard était allé chercher une voiture, rapidement il avait fait sa malle, écrit une lettre à M. Milon et une demi-heure après, il se jetait dans les bras de son ami, lui disant non pas au revoir, mais adieu, l'adieu définitif et suprême ! car qui sait où il serait le lendemain? Misérable épave humaine, savait-il où demain le flot de la vie le roulerait ?

Et maintenant, sur la route de Saint-Paul à Pierrelatte, cahoté en cette voiture trop légère, le grand air le dégrisant, il revenait de la sorte d'exaltation fiévreuse qui l'avait soutenu jusque-là, et froidement il réfléchissait à ce qu'il venait de faire.

Certes, il n'avait aucun remords, et ne regrettait rien de sa brusque résolution, de son départ précipité.

Son honneur était en jeu, et maintenant, dans la débâcle qui emportait tout autour de lui, son honneur seul lui restait, qu'il fallait avant tout garder intact et précieusement défendre.

Mais son cœur pantelait néanmoins, et il souffrait atrocement.

Comme sa destinée était cruelle! et quel était ce sort qui le poursuivait avec tant d'acharnement? quel crime avait-il donc commis, dont c'était là le châtiment farouche? Ah! que la vie lui était dure, et pourtant il se sentait honnête et bon. Pourquoi donc tout croulait-il autour de lui? quel était le démon qui le poursuivait ?

Et cette vieille légende allemande lui revenait du jeune homme qui ne peut toucher une fleur sans qu'aussitôt elle se fane!

Oui ! c'était bien lui, ce jeune homme ! La fleur du rêve s'était fanée dans ses doigts et maintenant la fleur d'amour, ces blancs et légers pétales, qui lentement se détachaient, roulaient dans la boue du chemin, quand il en allait en approcher ses lèvres !

Ah ! ses rêves perdus ! il les avait pleurés, c'est vrai; il se rappelait la douleur qui l'avait tenu courbé des heures et des heures et des nuits entières sous sa main de fer !

Qu'était-ce, cependant, auprès du mal qui le torturait aujourd'hui, auprès de cet amour si pur, si délicieux, doucement éclos en l'ombre de son âme, et que, durement, il devait étouffer!

C'était là le vrai malheur, l'éternelle blessure qui ne se cicatriserait point ! Et, demain, il allait traîner sa vie, gardant en lui le cadavre de son amour défunt, l'empoisonnant à jamais de sa morne désespérance.

Qu'allait-il faire, d'ailleurs? car il n'était point au bout de sa tâche, car il avait d'autres devoirs à remplir, sa sœur, sa mère à faire vivre?

Ah ! s'il avait été seul, avec quelle volupté il aurait désiré la mort ; quelle incomparable douceur lui aurait été l'anéantissement de la pensée en lui, puisque ses rêves, étaient morts eux-mêmes ; de s'endormir à tout jamais dans le repos éternel ; de ne plus vivre, et ne plus souffrir, de se délasser enfin dans la mort, la mort seule consolatrice de la vie!

Mais cela même, il ne pouvait le souhaiter, car il n'était point seul au monde, car il avait sa mère, car il avait sa sœur! et l'implacable destin lui criait: « Marche ! » alors qu'il aurait tant été heureux de «s'arrêter enfin, de s'asseoir aux bords de la route, meurtri, désespéré. « Marche! », lui criait le destin implacable, et il devait marcher, et il devait vivre, et il devait souffrir !

Une voix le tira de sa songerie. C'était le conducteur qui lui disait:

— Nous sommes arrivés, Monsieur!

Ce fut comme un réveil. Jacques regarda autour de lui, reconnut la placette avec ses hauts platanes, l'église et la tour de l' horloge, la maison de maître Monin et sa maison à lui, le tout dormant dans le silence de la nuit sous la clarté de la lune.

A ce moment dix heures sonnèrent.

Jacques paya le cocher, qui venait de déposer sa malle sur le trottoir et qui, fouettant son cheval, retournait à Saint-Paul.

Une minute, Jacques écouta le bruit de la voiture qui roula, puis s'éteignit dans le lointain, et la place retomba dans le silence de la nuit, sous la clarté de la lune.

Alors Jacques sonna.

Tout dormait dans la maison. On fut longtemps avant de répondre; enfin une fenêtre s'ouvrit là-haut, au second, et la bonne cria:

— Qui est là?

— C'est moi, Jacques! Ouvrez!

— Vous, Monsieur Jacques ! C'est pas possible !

Et Jacques entendit des bruits dans la maison, des portes qui s'ouvraient, des voix qui murmuraient.

Enfin, en jupon et bras nus, la bonne ouvrit, et derrière elle, Jacques aperçut Jeanne, sa sœur.

— Comment ! c'est toi, Jacques ! Et que t'arrive-t-il ? Es-tu malade ?

— Oui, c'est moi ! Mais ne t'inquiète pas, je vais très bien, je ne suis pas malade.

— Mais enfin, qu'y a-t-il ?

Et tout bas à l'oreille de son frère, Jeanne ajouta :

— T'a-t-on renvoyé de la fabrique ?

— Non ! non ! dit Jacques ; c'est moi qui suis parti ; mais je t'expliquerai cela demain ; va te coucher, Jeanne, tu pourrais prendre froid.

Connaissant son frère, Jeanne n'insista pas. Cependant elle dit encore :

— Tu n'as pas faim ? Tu n'as pas soif ? Veux-tu prendre quelque chose ?

— Non ! non ! rien merci ! répondit Jacques. Je n'ai besoin de rien. Va te coucher, va, Jeannette.

La bonne avait déjà regagné sa chambre. Jeanne embrassa son frère et rentra chez elle.

Jacques alors plaça sa malle dans le corridor et, prenant une bougie, monta dans sa petite chambrette.

Il la trouva telle qu'il l'avait laissée, avec son piano, ses meubles, le portrait de Beethoven, le buste de Berlioz sur la cheminée et les mille bibelots qui faisaient sa joie ; tout était en place, on avait tout respecté, et il aurait pu croire qu'il ne l'avait quittée que la veille.

Et se rappelant le chagrin qu'il avait éprouvé la dernière nuit qu'il y avait passée, il s'étonna d'y rentrer froidement, calme, sans un tressaillement de son cœur. Quel changement s'était donc opéré en lui qu'en si peu de temps il se sentait tout autre, et pourquoi lui qui avait tant pleuré à la quitter, cette chambre, il y rentrait sans émotion, comme s'il n'en reconnaissait plus les êtres, comme si c'était là la vulgaire chambre d'hôtel banale et passagère, où rien ne vous arrête, où rien ne vous attache, parce que l'on comprend qu'elle est impersonnelle, que nulle âme n'y habite et que l'on ne fait qu'y passer ?

Et Jacques sentait qu'il n'était plus le même homme, qu'une âme nouvelle battait en lui, une âme d'amoureux souffrant, à qui tout est étranger, hors l'amour qui brûle dans ses veines.

Et, en effet, à cette minute de sa vie, c'était l'amour seul qui remplissait son cœur, qui occupait sa pensée, et la seule souffrance qu'il percevait venait de cet amour, de cet amour seulement.

Et il se demandait ce qu'il devait faire, ce que devait penser Suzanne en cet instant où tout son être allait vers elle.

M. Milon avait reçu le billet qu'il lui avait écrit avant son départ, un billet laconique, où il lui disait simplement qu'il partait, où il s'excusait de partir ; mais que M. Milon le comprendrait et l'approuverait.

Avait-il compris, M. Milon, avait-il approuvé ? Et Mlle Honorine elle-même ?

Pour Suzanne, oh ! il savait qu'elle avait dû deviner la véritable cause de son départ, et comme elle devait souffrir :

Oui, il se disait qu'elle devait souffrir, et cela sans fatuité, sans fol orgueil, par simple intuition d'amant qui se sent aimé, qui souffre, et qui, par sa douleur, peut juger de celle de son amie.

Et cette pensée lui vint alors que ce départ si prompt avait dû être funeste à Suzanne ; que, trop faible encore, elle n'avait pas supporté ce coup ; elle était si heureuse quand il venait près d'elle passer des minutes exquises où l'âme de la jeune malade s'ensoleillait ; qui sait si l'annonce de ce départ n'était pas la cause d'une rechute, si maintenant, à cet instant même , Suzanne n'agonissait pas là-bas, en sa chambre, au milieu de la douleur des siens qui le maudissaient. Et une horrible angoisse l'étreignit, tenaillant son cœur, une souffrance à crier !

Puis il se raisonna. Mais non, c'était une folie ! D'ailleurs, on n'avait peut-être rien dit à Suzanne encore, on lui avait caché ce départ et, heureuse, elle attendait, confiante, le lendemain qui ramènerait l'aimé auprès d'elle ; elle dormait, bercée de songes enchanteurs.

Et soudain, rassuré sur la jeune fille, il se prit à songer à lui.

Qu'allait-il faire ? qu'allait-il dire à sa mère et à sa sœur qui l'interrogeraient ? Leur avouerait-il la vérité toute une, telle quelle, son amour, son amour douloureux d'abord, puis irradié par le bonheur de se sentir aimé.

Et enfin, ses scrupules, son honneur compromis et sa fuite ?

Dirait-il cela, ou inventerait-il quelque histoire, ne voulant rien révéler de son cœur taisant son amour, le cachant au fond de lui-même, pour être seul à le savoir et seul à en souffrir ?

Oui, cela valait mieux, semblait-il ; et il se mit à imaginer des histoires, à bâtir des romans invraisemblables, en son ignorance des mensonges répugnant à sa franche et loyale nature. Et le sommeil le prit au milieu de ces combinaisons, un sommeil de plomb qui le cloua sur le canapé où il était assis.

Il faisait grand jour quand il s'éveilla, brisé par cette nuit passée sur un canapé, et il allait descendre quand on frappa à la porte.

— Entrez ! cria Jacques.

Et Georges Rolland parut.

En le voyant, Jacques tressaillit. Il n'avait point songé que Georges pût se trouver en permission à Pierrelatte.

Qu'allait-il lui dire ? Car s'il était possible d'en faire accroire à sa mère et à sa sœur même, il était difficile d'en imposer à Georges et de lui cacher la vérité.

Georges cependant s'avançait vers lui :

— Eh bien ! Jacques, fit-il, c'est donc vrai ce que Jeanne vient de m'apprendre ; tu as donc quitté Saint-Paul-Trois-Châteaux ?

— Tu le vois, dit Jacques embarrassé, je suis arrivé cette nuit.

— Oui, je sais. Je sais aussi que tu n'as rien dit à Jeanne, que tu n'as pas voulu lui avouer la cause de ton retour. Et elle est là-bas qui s'inquiète. Voyons, qu'y a-t-il ?

— Mais rien ! absolument rien ! dit Jacques de

s en plus gêné sous le ferme et loyal regard son ami.

- Rien ? répartit Georges. Allons donc !

t prenant la main de Jacques, il ajouta :

- Voyons, Jacques, pourquoi me cacher quelque se ? Pourquoi ne pas tout me dire. Ne suis-je ton ami, plus que ton ami, ton frère ?

t comme Jacques se taisait :

- Je sais le motif qui t'a fait quitter Paris, qui fait rester ici, qui t'a fait t'enfermer là-bas, en e usine ; je connais ton sacrifice, et comment t'es dévoué et lorsque tu quittes ta place, tu tends qu'il n'y a rien ! Voyons, tu as quelque se sur le cœur ; vas-tu, maintenant, ne pas me onter tes peines, comme autrefois ?

acques s'était assis sur le canapé, et, la tête se, il n'osait regarder son ami, dans la crainte l ne lût son secret sur sa figure.

- Alors, tu ne veux rien dire ? continua Georges. st donc bien grave ?

t riant, il ajouta :

- T'a-t-on mis à la porte ? ou quittes-tu l'usine emportant la caisse ?

acques releva la tête, essayant de sourire, mais sourire était si navré, ses yeux étaient si gonflés larmes à grand'peine retenues, et cette figure it si altérée par une douleur que vainement il hait de maîtriser, que Georges en fut doulousement frappé.

- Voyons, tu souffres, Jacques, parle-moi franment, et si je ne puis apporter un remède au l qui te torture, du moins cela te soulagera de le confier.

acques hésita une seconde encore, enfin il arda son ami.

- Eh bien ! oui, Georges, je souffre. Mais aussi qui m'arrive est épouvantable ! Ecoute : Là-bas, rencontré une jeune fille, Mlle Milon, Suzanne, e enfant si jolie que dès l'abord, inconsciemment, me suis mis à l'aimer. Elle m'aime aussi, je le s, je l'ai deviné, car je ne lui ai rien dit, car nais dans les courts entretiens que nous avons ensemble, un seul mot d'amour n'a été prooncé. Maintenant songe que cette jeune fille est he et que je suis pauvre, sache qu'on veut lui re épouser un jeune homme qu'elle a éconduit, he que ce jeune homme m'a traité d'intrigant de coureur de dot, et tu sauras tout, tu sauras urquoi je suis parti précipitamment, comme un leur, et tu sauras enfin que je souffre ! Tu aimes nne, n'est-ce pas ? Eh bien, suppose que tu ne yes plus la revoir et tu comprendras le martyre e je subis.

ette confidence surprit Georges au-delà de tout, même temps qu'elle le troubla profondément. s'attendait si peu à une telle révélation !

l ne sut que répondre dès l'abord, se contentant serrer dans la sienne la main de son ami, en rmurant :

- Pauvre frère ! pauvre frère !

Tous deux se taisaient maintenant. Et entre les ux amis il se fit un silence long d'un siècle, où acun sembla se perdre en une rêverie sans fin.

Ce fut Georges qui le rompit le premier :

— Oui ! Tu as bien fait d'agir ainsi, dit-il lentement et je t'approuve. Mais... il s'arrêta une seconde — mais... que vas-tu faire maintenant ?

— Et que veux-tu que je fasse, répondit Jacques, mon devoir est là : travailler. Je vais me mettre en campagne, et grâce aux relations que je me suis faites là-bas, j'aurai vite fait de trouver un emploi, je travaillerai, et j'oublierai, voilà tout !

Il se tut encore, songeant, puis tout à coup :

— Ah ! du moins, si je pouvais retourner à Paris, me remettre au travail, à mon art, je sens que c'est là la vraie consolation. Et si mon cœur saigne, du moins pourrais-je endormir sa souffrance en faisant de la musique, en reprenant mon rêve. Je porte deux amours en mon cœur, deux pauvres amours mutilés ; qui sait si celui-ci ne me guérirait pas de celui-là ! Mais non, je ne peux pas, tout m'abandonne, il faut que ma mère vive, il faut que Jeanne soit heureuse ! Ah ! Georges ! Georges ! Je suis bien malheureux !

Ce fut un cri égoïste, la seule plainte contre la destinée que lui arracha sa douleur. Tout de suite, il en eut honte, mais il était trop tard.

Georges avait tressailli en l'entendant, et le coup avait porté.

— Oui, c'est vrai, dit Georges tu es trop malheureux. Pars pour Paris, Jacques, reprends ton rêve, tu as assez souffert, il faut que tu vives !

— Mais ma mère ? répondit Jacques.

— Ne suis-je pas là ?

— Mais Jeanne ?

— Ecoute. Oh ! j'y ai déjà songé souvent. Dans le malheur qui nous accable, il n'est pas juste que ce soit toi qui te sacrifies ! -

— Que veux-tu dire ?

— Je veux dire que je prends ta place, je veux dire que c'est moi qui ferai vivre ta mère, et pour la même raison, puisque Jeanne va être ma femme.

— Je ne te comprends pas !

— Prends les trente mille francs qui nous restent, va à Paris, travaille, sois heureux, oublie !

— Mais toi ?

— Moi ? si Jeanne n'a pas de dot, si elle ne peut épouser Georges Rolland officier, elle épousera Georges Rolland employé, qui gagnera sa vie et celle de sa mère !

— Tu veux donner ta démission, Georges ? Tu veux faire cela ?

— Pourquoi pas ?

— Malheureux ! Ton rêve, le rêve de toute ta vie, tu vas le piétiner, tu vas le briser sous ton talon. Ah ! tu ne sais pas ce que cela fait souffrir!

— J'aime Jeanne, j'aurai son sourire pour me consoler. Tandis que toi tu n'aurais rien que le fantôme d'un amour mort. Tu le vois, il faut que tu partes !

— Oh ! non, Georges, ne fais pas cela ! Je ne veux pas que tu te sacrifies pour moi !

— Et moi, je ne veux pas que tu meures ! C'est vrai que j'avais fait ce rêve d'être officier. Rien ne me semblait plus beau ; la Patrie ! le drapeau ! ces deux mots emplissaient mon âme et rien ne me paraissait plus noble que le métier des armes. Mais, vois-tu, oh ! je l'avoue hautement, avant la

Patrie, avant le drapeau, il y a Jeanne, Jeanne que j'aime. Jeanne sera malheureuse par ton malheur, et pour la voir heureuse, je veux, il faut que tu sois heureux. C'est de l'égoïsme, Jacques, de l'égoïsme, rien de plus...

Il n'acheva pas ; la porte venait de s'ouvrir, et Jeanne parut.

Georges courut à elle, la prit par la main et la conduisit devant Jacques :

— Il souffre, Jeanne, il est malheureux ! Tu ne sais pas ce qu'il a fait ? Il nous a sacrifié son bonheur ! Oui, il t'a caché la vérité, il ne t'a rien dit. Ecoute, Jeanne, vous êtes ruinés ; vous n'avez plus rien que douze cents francs de rente, et c'est pour cela qu'il a quitté Paris, c'est pour cela qu'il est allé à Saint-Paul pour que ta mère soit heureuse et que tu aies la dot nécessaire pour te marier avec moi. Voilà ce qu'il a fait, Jeanne, et voilà pourquoi il souffre !

Jeanne pleurait.

Elle se jeta dans les bras de son frère :

— Oh ! Jacques ! bon Jacques, comme tu as dû souffrir ! Et moi qui n'ai rien vu, moi qui n'ai rien compris ! Pardon, Jacques, pardon !

Puis se relevant, et prenant la main de Georges :

— Mais nous n'acceptons pas cela, n'est-ce pas, Georges ? Nous ne voudrions pas de ce bonheur au prix des larmes de notre frère ! Cet argent lui appartient, et cela nous suffit !

— Et je travaillerai pour ta mère et pour toi ! Je vais donner ma démission au ministre de la Guerre et je trouverai un emploi. Tu ne seras que la femme d'un employé, Jeanne.

— Qu'importe, pourvu que je sois ta femme !

Jacques écoutait tout cela, égaré, comme fou.

— Non ! non ! dit-il enfin. Je ne puis accepter cela !

— Eh bien ! dit Jeanne, alors n'accepte pas, mais je ne serai jamais la femme de Georges, et ce sera notre malheur à tous deux que tu auras fait !

Et cela était dit si résolument, que Jacques tressaillit. Oui, Jeanne était capable de faire cela, et se rappelant Suzanne, et ce qu'il souffrait de ne plus la voir :

— Oh ! murmura-t-il, mariez-vous et soyez heureux et que Dieu vous protège !

Et Jacques retomba sur le canapé, tandis que Jeanne et Georges se retiraient.

Combien de temps resta-t-il là ? il n'aurait su le dire ; ce furent des minutes, des heures peut-être, où il demeura là, l'œil perdu dans le vague, incapable de penser ou d'agir.

Enfin il se leva, descendit, et trouva sa mère assise dans le jardin, un livre à la main.

— Ah ! te voilà, fit-elle, Jeanne m'a dit ton retour. Tu n'es pas resté à Saint-Paul ? Et que vas-tu faire ? Retourner à Paris ?

— Je ne sais encore ! répondit-il.

— Tu es libre et assez grand pour savoir ce que tu dois faire.

Et elle se replongea dans sa lecture.

L'indifférence de cette mère n'émut même pas Jacques ; il sortit, et comme il traversait la place, il rencontra maître Monin qui rentrait chez lui.

— Tiens ! c'est toi ! fit le notaire étonné.

Mais l'air de Jacques le frappa. Il comprit qu'il y avait quelque chose.

— Entre ! fit-il simplement.

Et lorsque la porte de l'étude se fut refermée sur eux :

— Tu as donc quitté Saint-Paul ?

— Oui, depuis hier.

— Pourquoi ?

— Pourquoi !...

Jacques baissa la tête ; il sembla rassembler les idées qui s'échappaient de sa tête, lentement la raison lui revint ; et comme le notaire répétait sa question :

— Pourquoi ?

Jacques sembla faire un effort sur lui-même, et naturellement :

— Parce que j'aime Mademoiselle Suzanne Milon.

— Tu aimes Suzanne Milon ! fit le notaire stupéfait. Tu aimes Suzanne Milon !...

Et comme se parlant à lui-même, il ajouta :

— Cette toquée !

Jacques alors releva la tête et regardant le notaire bien en face :

— Non, dit-il, maître Monin, vous vous êtes trompé; Suzanne n'est pas une toquée; Suzanne est une martyre!...

Et comme le notaire le regardait, étonné, se demandant si Jacques n'était pas devenu fou :

— J'ai pénétré, continua celui-ci, le secret de Suzanne. Oui ! c'est une martyre ! On voulait lui imposer un mariage qui lui faisait horreur, de là toute sa peine. Maintenant, Suzanne m'aime, Suzanne m'aime et je l'aime ! Voilà pourquoi je suis parti.

— Tu es un brave garçon ! répliqua le notaire, après une minute. Mais tu souffres, et c'est moi qui en suis la cause. Pardonne-moi... mais pouvais-je savoir !

Il réfléchit encore une minute, puis cette question lui vint, la même qu'il avait posée si souvent à Jacques :

— Et maintenant, que vas-tu faire ?

— Oh ! ce que je vais faire, répondit Jacques.

Et il raconta au notaire la scène du matin, la résolution de Georges et le serment qu'avait fait Jeanne de ne rien accepter de la dot qu'il voulait lui abandonner.

— C'était à prévoir, dit le notaire. Connaissant ton secret, Jeanne et Georges ont trop de cœur pour accepter le sacrifice que tu leur faisais de ta vie. Ah ! mon pauvre Jacques, maintenant le mal est bien irréparable ! et je ne te le cache pas, l'avenir est bien noir pour vous tous. Qu'allez-vous devenir, mes pauvres enfants ? Et je ne parle même pas de cet amour qui a fleuri dans ton cœur comme une fleur mauvaise, ta vie va être empoisonnée à tout jamais. Mais, sans cet amour, même, pourras-tu vivre à Paris, heureux et confiant, laissant ici Georges désillusionné dans sa carrière brisée, cette carrière qu'il aimait tant ! Pourras-tu vivre en les sentant ici malheureux, besogneux peut-être ?... Ah ! votre vie est bien triste, bien triste, mon pauvre Jacques !

— Dieu y pourvoira ! répondit celui-ci.

Dans l'horrible situation où il se trouvait, Jacques, maintenant, n'espérait plus de secours que de Dieu.

d'un hasard providentiel qui allait le tirer de cette impasse. Dieu y pourvoira ! c'était maintenant la seule réponse qu'il opposait aux coups de cette destinée qui s'était montrée si dure pour lui.

Il quitta le notaire, le laissant chagrin et peiné, et s'en fut au hasard devant lui, machinalement, sans penser, car maintenant sa peine était trop forte, et il mâchonnait sa douleur, ne la raisonnant plus.

Quand il rentra à la maison, il trouva Jeanne en pleurs, en un coin ; mais bien vite, en le voyant, elle sécha ses larmes et tâcha de sourire. Pauvre enfant ! que n'aurait-il pas fait pour la voir heureuse et gaie comme jadis !

Et il se reprit soudain à s'accuser de lâcheté, oui, de lâcheté ! Il avait été lâche ! Il aurait dû mourir. C'était le grand remède, il serait heureux maintenant, il oublierait, et sa mort aurait tout arrangé, tout !

Et il songea aussi qu'il en était temps encore, qu'il pouvait mourir, et il imaginait cela, son cadavre repêché en quelque ravin, ramené à la maison, et tout le monde en pleurs ; mais il était mort, et cette douleur s'effaçait bientôt, et la joie refleurissait, l'amour vainqueur consolait de tout, et tous étaient heureux ! Ah ! s'il mourait !

Mais la mort lui faisait peur, et il était lâche devant elle, car alors il pensait à Suzanne. Triple fou, tout ne le séparait-il pas d'elle, l'infranchissable obstacle n'était-il pas creusé, et depuis toujours? Que lui importait alors? Il lui importait que cette peine d'amour lui était chère, et que c'était au fond de son cœur, le refuge où il se venait blottir contre la tempête déchaînée en lui. Ah ! penser à elle du moins, toujours, garder au fond de son âme la vision de cet amour qui quelques jours avait ensoleillé sa vie !

Mais le temps pressait. En rentrant chez lui, Georges avait trouvé sa feuille de route et un ordre de départ. Il était désigné pour le 129e de ligne et devait rejoindre son corps dans les huit jours.

Il trouva chez lui la table mise, un fin dîner préparé pour fêter ce joyeux événement.

— C'est inutile, dit-il, je ne pars pas !

— Tu ne pars pas ? demanda Mme Rolland.

— Non ! Le ministre de la guerre recevra demain ma démission !

Pour le coup, Mme Rolland crut que son fils était devenu fou.

— Ta démission ? clama-t-elle.

M. Rolland, dans un coin, assistait à cette scène, impassible. Il devait savoir, lui, il devait avoir deviné, et tout cela ne semblait pas l'étonner.

— Oui ! ma démission ! répondit Georges. Je vais chercher un emploi dans une administration.

Cette fois, c'était le comble.

— Mais tu deviens fou, malheureux ? Quoi ! nous aurons économisé, sou par sou, ton père et moi, nous nous serons privés de tout, pour te faire élever pour te tenir à Saint-Cyr, et maintenant tu entrerais dans une administration ! Mais c'est de la folie pure ! Notre fils est fou, Rolland, notre fils est fou !

Dans son coin, le père Rolland grogna quelque chose d'inintelligible.

Mais Mme Rolland tout à coup s'exalta : une lueur venait d'éclairer sa raison.

— Il y a encore des Dubourg là-dessous, cria-t-elle. Je suis sûre qu'il y a encore des Dubourg !

Puis, se tournant vers Georges :

— Voyons, parle, dis-nous ce qui te pousse à cette résolution stupide !

Très simple, Georges expliqua ses motifs, et quand il eut fini :

— Ah ! je le savais bien ! je le savais bien ! cria-

*Jacques sentait qu'il n'était plus le même homme* *(p. 42).*

Mme Rolland. Tu l'entends, Rolland, c'est pour eux, c'est pour les Dubourg !

— J'entends ! murmura le père Rolland.

— Et tu restes là, froid, tu ne t'emportes point contre la bêtise de cet enfant, contre son ingratitude ?

— A quoi bon ? répondit le père.

— A quoi bon ? à quoi bon ? Tu ne diras rien ? Tu lui laisseras faire cette bêtise ! Et je vais suivre ton exemple, peut-être ?... Que non pas ! Ah ! tu avais compté sans ta mère, mon garçon ! D'ailleurs, il y a longtemps que je me doutais du coup, je l'avais prévu. Mais cela ne va pas se passer ainsi! Je vais aller les trouver, ces Dubourg!

— Tu n'iras pas ! dit Georges en se plaçant devant sa mère.

Mme Rolland s'arrêta, comme pétrifiée devant le regard de son fils.

— Non, tu n'iras pas, continua Georges, tu entends, tu n'iras pas ! D'ailleurs ma résolution est irrévocable, maintenant! J'aime Jeanne, entends-tu ?... Vous nous avez fiancés l'un à l'autre, jadis, du temps qu'elle était riche. Si elle est pauvre maintenant, tant pis, je l'aime! Et je l'épouserai ou j'en mourrai !

Mme Rolland ne répondit rien.

Son exaltation de tout à l'heure était tombée, et elle s'assit, défaillante, sans forces.

— Tu as raison, Georges, fit alors M. Rolland. L'amour que ta mère a pour toi l'aveugle, elle voudrait te voir heureux, et ne comprend pas que ton bonheur est tout dans cet amour. Mais toi, tu fais ton devoir, et c'est très bien. Epouse Jeanne, va. Mais pourquoi donner ta démission ?

— Parce que la solde d'un officier ne peut suffire à un ménage et que je veux Jeanne heureuse. Tu le sais bien, toi qui as passé par là.

— C'est très vrai ! répondit le père, fais ton devoir, Georges, et sois heureux !

Georges sentit alors sa poitrine se dilater aux paroles de son père.

Il regarda sa mère, toujours muette à la même place.

Puis :

— Pardon ! lui dit-il, pardon pour tout le mal que je te fais, mais puisque c'est mon bonheur !

Mme Rolland l'écouta sans répondre tout d'abord.

Et après une minute de réflexion :

— Va, lui dit-elle, fais ce que tu veux, l'avenir décidera.

Georges, alors, comme un fou, quitta sa maison et s'en fut chez Jacques annoncer le consentement de ses parents.

Comme il allait sonner, une voiture s'arrêta devant la porte et un homme en descendit.

C'était M. Milon.

## XII

### ... ET L'AMOUR TRIOMPHA

Dans la chambre où on l'avait transportée après sa scène avec Mme Cordier, lentement Suzanne reprit ses sens. D'abord, elle regarda autour d'elle, semblant s'étonner de se voir là, couchée dans son lit, mais ce fut l'affaire d'une seconde. Elle se ressouvint et sa figure exprima une angoisse indicible.

M. Milon se précipita vers sa fille.

— Suzanne ? ma Suzanne !

— Elle est partie ? Elle n'est plus là ? fit-elle doucement, comme en un rêve.

— Oui, oui, partie, tu ne la reverras plus ! répondit M. Milon que toutes ces émotions avaient brisé.

Et maintenant, de tous les projets d'autrefois, rien ne subsistait en lui, que son amour pour sa fille.

Ah ! qu'elle vive ! qu'elle vive, mon Dieu ! et que les Cordier s'en aillent !

Tant pis, il faisait son deuil du rêve longuement caressé. Pourvu que Suzanne vive, fût heureuse, que lui importait le reste !

Mais Suzanne souriait, et le docteur s'étant approché d'elle, affirma que décidément cela ne serait rien du tout, que même cette dernière crise serait salutaire, la débarrasserait de tout danger. Dans trois ou quatre jours, assurait-il, elle serait remise à tout jamais. Il recommanda de la laisser reposer, et se retira, suivi de Mlle Honorine et de M. Milon.

Suzanne resta seule, un grand bien-être l'envahissait, elle se sentait heureuse, heureuse !

Elle comprenait que maintenant c'en était fini avec les Cordier, qu'elle ne les reverrait jamais, qu'elle était débarrassée d'eux et qu'on ne la torturerait plus avec cet horrible mariage... A cette pensée, comme un souffle rafraîchissant lui traversa le cœur : c'était son rêve qui renaissait en elle, qui refleurissait plus vivace et plus beau que jamais.

Sa décision était prise, dès demain elle avouerait tout à son père, et maintenant son père accepterait cela, qu'elle épousât Jacques. Ah ! comme on serait étonné, comme on serait surpris, mais que Jacques serait heureux quand elle placerait sa main dans la sienne et que, souriante, elle lui dirait :

— Voulez-vous être mon mari ?

Car dès la première heure, dès la première minute, lorsque reprenant sa raison, après les longues nuits d'agonie, inconsciente, elle s'était réveillée en murmurant ce nom : « Jacques !... », dès ce moment son amour s'était exalté en elle; dès ce moment, elle s'était juré d'être la femme de Jacques Dubourg!

Ah ! lorsque couchée sur son lit de douleur, ou convalescente sur son fauteuil, au salon, Jacques avait passé auprès d'elle des minutes exquises, qui avaient été des délices pour son cœur si longtemps malade, combien de fois ces mots : « Je t'aime ! » n'avaient-ils pas jailli de son cœur remontant à ses lèvres ! Et si elle ne l'avait pas prononcé, ce mot qu'elle répétait tout bas, ce mot que Jacques avait dû lire dans ses yeux, si elle ne l'avait pas dit, c'est qu'elle avait jugé que l'heure n'était pas venue encore, c'est qu'elle se voulait forte et robuste pour ces fiançailles attendues depuis longtemps, qu'elle ne voulait pas donner un front brûlant de fièvre à la première et si pure caresse du fiancé.

Mais elle sonnait, l'heure . demain, elle se lèverait ; demain, elle serait vaillante, le docteur l'avait promis, et c'est d'une voix ferme qu'elle prononcerait devant tous les paroles qui la donneraient à jamais à l'Elu enfin arrivé.

Et elle s'endormit, emportée par les pures joies de son rêve si près d'être réalisé.

Cependant, en bas, dans le petit salon, M. Milon était avec sa sœur, et tous deux se taisaient, stupéfiés, dans la débâcle de leurs projets mais sans rien dire, ils se comprenaient, persuadés que c'était la fin, que les Cordier allaient partir, quitter l'usine, et, malgré eux, inconscients, ils les regrettaient, déplorant ce qui arrivait, ce mariage si longtemps préparé, maintenant à vau-l'eau, emporté par le torrent des choses.

Mais la bonne frappa et tous deux sursautèrent.

— Une lettre pour M. Milon.

— Une lettre ? Ce n'est point l'heure du courrier pourtant!

— C'est un homme qui vient de l'apporter.

— Donnez.

Et M. Milon lut :

« Croyez que c'est avec beaucoup de peine que je prends la résolution de vous quitter ; mais les événements l'exigent. Mon devoir est de ne pas rester une minute de plus chez vous. Honnête homme, vous comprendrez les scrupules qui me font fuir une maison où je n'ai trouvé que des sympathies.

« JACQUES DUBOURG. »

D'abord M. Milon ne comprit rien à cette lettre.

— Qu'est-ce encore? dit-il, Jacques nous quitte! Tiens, lis.

Et il tendit la lettre à sa sœur.

Rapidement, elle la parcourut, puis, la rendant à M. Milon :

— Eh bien ! c'est un brave cœur, voilà tout !

— Quoi ? qu'y a-t-il ? Explique-moi, au moins !...

— Tu ne comprends pas ?

— Pas un mot!

— Eh bien ! Jacques aime Suzanne, il s'est aperçu que Suzanne l'aimait, il comprend qu'il est un obstacle à nos projets, et il s'en va. Seulement, c'est trop tard.

M. Milon sursauta:

— Il aime Suzanne !

— Dame!

— Et Suzanne l'aime ?

— Il faut être aveugle pour ne pas s'en apercevoir.

— Et il y a longtemps que tu t'en es aperçue?

— Que Jacques aimait Suzanne ? Il y a deux mois, un jour que je suis revenue de Saint-Paul avec lui et ta fille ; mais il y a huit jours que j'ai compris que Suzanne l'aimait.

— Et tu ne m'as rien dit?

— Que voulais-tu que je te disse?

M. Milon n'en revenait pas.

Et tout à coup il songea qu'il était seul, maintenant, Michel parti, Jacques parti, et que tout le souci de sa fabrique allait retomber sur lui, au moment où il s'en croyait débarrassé à tout jamais.

C'était la seule chose qui occupât son esprit. Il se sentait si tranquille, si heureux, avec Michel et Jacques, tout à ses vignes, et voici que tout l'abandonnait à la fois! Qu'allait-il devenir? L'ennui de cette situation était seul à le tracasser. Rassuré sur le sort de sa fille, cette histoire d'amour qu'Honorine venait de lui raconter ne l'intéressait pas, il n'y attachait aucune importance, tout au souci de ces deux départs si prompts, si subits.

— Que vais-je faire, maintenant ? songea-t-il à haute voix.

— Ce qu'il y aurait de plus sage, répondit M^lle^ Honorine : les marier.

Mais M. Milon n'y était plus.

— Qui? fit-il.

— Mais.... Suzanne et Jacques !

— Ah ! oui ! répondit M. Milon ; Suzanne et Jacques...

Et tout à coup il s'exclama:

— Mais, au fait c'est vrai ! Je marie Jacques et Suzanne. Il était contremaître, il sera directeur, il n'y aura rien de changé !

Et tout de suite, il se consola, réconforté par cette idée qui lui poussait ainsi subitement. Parbleu ! comment n'y avait-il pas songé plus tôt ? Mais au fait, il ne savait pas ; d'ailleurs, qu'importait ? Jacques aimait Suzanne, Suzanne aimait Jacques, il allait les marier, et tout le monde serait content. Ah ! les Cordier pouvaient courir, ce n'est pas lui qui les retiendrait maintenant !

M. Milon exultait, et sans qu'il eût prononcé une parole, M^lle^ Honorine avait lu sur sa physionomie toutes les réflexions qu'il venait de faire. Aussi prit-elle un malin plaisir à troubler cette joie.

— Pourvu que Jacques accepte! fit-elle.

— D'épouser Suzanne ? répondit M. Milon ; mais puisqu'il l'aime ! C'est toi-même qui viens de me le dire.

— Oui, il l'aime! mais avec son âme d'artiste, acceptera-t-il de s'enfermer dans ton usine, de sacrifier à tout jamais ses rêves d'art à l'industrie ?

— Mais, fit M. Milon, il s'était bien enfermé ici comme employé, il me semble qu'il ne peut refuser d'y demeurer comme patron!

— Parce qu'il était pauvre ; mais s'il épouse Suzanne, il sera riche, et ne crains-tu pas qu'un beau jour, le démon de l'art le poussant, il ne te planque là avec ta fabrique, pour courir avec sa femme reprendre à Paris ses rêves de gloire ?...

— Allons! allons! tu divagues! dit M. Milon; d'ailleurs, nous y réfléchirons. Je vais me coucher, bonsoir.

Mlle Honorine resta seule. A quel mobile obéissait-elle en entravant ainsi ce mariage qui allait faire le bonheur de tant de gens ? Lui restait-il au cœur une miette d'espoir en faveur de Michel: N'était-elle pas persuadée que les Cordier étaient vaincus désormais ? Certes, sa foi en cette union où elle s'était employée si longtemps était morte, et de là comme une animosité qui restait en elle contre ce Jacques, dont la seule présence avait à jamais détruit ses projets les plus chers.

Cependant, le lendemain, Suzanne s'était éveillée de bonne heure, toute à la joie de l'évènement qui devait se produire. Les moindres détails de cette scène se présentaient très nets à son esprit. Tout à l'heure, elle allait s'habiller, descendre au salon, puis, quand Jacques se présenterait, devant son père, devant sa tante, elle se lèverait, et tendant la main au jeune homme :

— Voulez-vous être mon mari ? dirait-elle.

Et elle souriait à l'idée de ce coup de théâtre, quand M. Milon entra dans sa chambre.

Cela l'étonna, M. Milon n'étant guère accoutumé de faire à sa fille des visites aussi matinales. Elle pressentit quelque chose.

M. Milon, cependant, s'était penché pour embrasser sa fille, et simplement :

— Est-ce vrai que tu aimes Jacques Dubourg ?

Posée à brûle-pourpoint, cette question la troubla, l'étourdit. Elle hésita une seconde, puis brave :

— Oui, je l'aime !...

— Et lui ? demanda M. Milon.

— Mais... il m'aime aussi ! répondit Suzanne.

Elle se demandait où son père voulait en venir. Mais à tout hasard, courageusement, elle dévoilait son cœur, quitte à défendre son amour.

M. Milon poursuivit :

— En sorte que tu serais bien heureuse si je vous mariais ?

Suzanne ne répondit rien, mais un éclair de joie

l'irradia soudain. Et M. Milon lut sa réponse dans ses yeux resplendissants d'un immense bonheur.

— Eh bien ! sois tranquille, va ma Suzanne, tu l'épouseras. Je vais partir pour Pierrelatte, et je te le ramènerai.

— Pour Pierrelatte ?... demanda Suzanne.

— Oui, Jacques est parti. Tiens, lis !

Et il tendit à sa fille la lettre que Jacques lui avait écrite la veille.

Suzanne était radieuse !

— Seulement, je mets une condition à ce mariage ; c'est que Jacques restera ici, qu'il abandonnera ses rêves et se mettra bravement à la tête de la fabrique.

— Oh ! mon père, acceptera-t-il de me sacrifier ainsi son avenir ?

— Oui ! s'il t'aime, il acceptera, lui dit M. Milon.

— Mais la célébrité ? la gloire ?...

— Mais ton cœur, ton amour ?

Suzanne ferma les yeux une minute. Elle aussi avait rêvé d'un artiste glorieux, d'un avenir brillant, mais l'amour avait vaincu son rêve et maintenant peu lui importait, pourvu qu'elle épousât Jacques. Oh ! oui, les mêmes sentiments devaient hanter l'âme de Jacques. Il l'aimait, et pour son amour il saurait sacrifier ses rêves !

Aussi, regardant son père bien en face :

— Oui, il acceptera ! dit-elle.

Mais néanmoins, au fond d'elle, elle n'était point aussi rassurée qu'elle voulait le paraître, et tout le jour elle demeura inquiète, troublée.

— Oh ! viendra-t-il, songeait-elle ; m'aime-t-il assez pour me sacrifier à jamais l'avenir qui l'attend ?

De longues heures, elle resta assise dans le salon, tressaillant au moindre bruit.

Comme quatre heures sonnaient, une voiture s'arrêta devant la porte, et Suzanne sentit que son cœur cessait de battre.

Enfin la porte s'ouvrit.

M. Milon entra, Jacques le suivait.

— Jacques ! cria-t-elle.

— Suzanne !

— Ah ! vous m'aimez donc, puisque vous êtes venu !

Et dans un élan irréfléchi, inconscient, elle se précipita dans les bras de son fiancé.

— Ah ! Suzanne ! murmura Jacques, que m'importent mes rêves de gloire, puisque vous m'aimez !

— Et vous avez joliment raison ! s'écria Joubard qui entrait en ce moment. Car, voyez-vous, ici-bas, tout est fragile, hors les rêves d'amour!

**FIN**

## PROCHAIN OUVRAGE A PARAITRE

# UN CRIME INCONNU

par

**J. MERY**

*— Vous avez connu le bonheur jusqu'à ce jour, cela vous ennuie; vous voulez ouvrir au malheur la porte de notre maison.*

*Celui à qui cette réflexion était adressée frappa du pied le tapis, s'arrêta au milieu de sa promenade de salon, croisa les bras et dit :*

*— Un mariage est donc un malheur? Je vous remercie, madame, c'est très flatteur pour moi.*

*— Vous ne voulez pas me comprendre, reprit brusquement la femme, pourtant rien n'est plus clair; vous vous obstinez à vouloir marier notre fille contre son agrément, eh bien, le malheur viendra signer au contrat.*

*— Ma pauvre femme, tu as perdu l'esprit; les romans du jour t'ont brouillé la cervelle; tu parles comme un quatrième acte de drame, mais moi qui ne lis que la cote de la Bourse, je suis positif comme un chiffre; je parle et j'agis comme un homme. Je ne reconnais pas à une petite fille le droit de contrôler le choix de son père, lorsqu'il s'agit de mariage. Au reste, tu sais que j'ai des engagements de longue date; une parole donnée par moi, Vincent Dimmer, à mon ami M. Xavier Molart, le père de Victor. Voilà qui est décisif.*

*— Voulez-vous que je vous dise une vérité? reprit la femme en regardant son mari avec des yeux d'un iris orageux.*

*— Oui, à condition que votre vérité ne sera pas un mensonge.*

*— Me prenez-vous pour un homme, monsieur mon mari?... Vous allez voir si j'ai deviné le fond de votre pensée...*

(A suivre.)

# NOUVELLE COLLECTION NATIONALE

**Autant de lecture que dans un volume à 9 fr.**

## 95 cent. l'ouvrage complet illustré

*(Envoi franco de chaque ouvrage contre 1 fr. 10)*

**OUVRAGES PARUS :**

1. **Amants ou fiancés**, par Charles FOLEY.
2. **On a volé la Tour Eiffel**, roman mystérieux, par Léon GROC.
3. **L'Eternelle blessée**, par P. VIGNÉ d'OCTON.
4. **Un de trop**, par Arthur DOURLIAC.
5. **Sacrifice d'amour**, roman dramatique, par Pierre ZACCONE.
6. **La fiancée aux vingt millions**, roman d'aventures, par Rodolphe BRINGER.
8. **La Rançon du bonheur**, roman, par G. PRADEL.
9. **Le droit d'être Mère**, roman social, par Paul BRU.
10. **L'ensorceleuse. — Un cœur en loterie. — Le Marchand de fantômes. — Poisson d'Avril. — La Nuit tragique**, par A. CONAN DOYLE (*traduits de l'anglais par René LECUYER*).
11. **Le béguin des Muses**, délicieux roman par Charles DERENNES.
12. **Le Chambrion**, roman dramatique, par PONSON DU TERRAIL.
13. **Policier par Amour**, par Georges SPITZMULLER.
14. **Le Diable. — Les Deux Hussards. — Une razzia au Caucase**, par TOLSTOI (*traduits par Georges d'OSTOYA*).
15. **Isidore a des peines de cœur**, roman gai, par Rodolphe BRINGER.
16. **Pour son fils**, roman, par Amédée DELORME.
17. **Vif-Argent**, roman d'aventures, par Paul SAUNIÈRE.
18. **L'Assassinée du téléphone**, roman mystérieux, par Léon GROC.
19. **Le malheur des uns...**, roman, par Adrienne CAMBRY.
20. **Ursule**, dramatique roman, par J. MÉRY.
21. **Les Robinsons de Paris**, délicieux roman, par Georges BEAUME.
22. **Le secret du souterrain**, roman d'aventures, par Maurice JOKAY (*traduit du hongrois par J. L. FOTI et G. DELAQUYS*).
23. **La Châtelaine**, roman d'après la pièce d'Alfred CAPUS, par Jacques des GACHONS.
24. **La Jeunesse de Napoléon** (*extrait des mémoires de Madame la duchesse d'ABRANTES*).
25. **Le Mal de vivre...**, dramatique roman, par Georges MALDAGUE.
26. **Mariage d'argent**, roman, par Georges Pradel.
27. **Les Deux Fiancées**, délicieux roman, par Gaston DERYS.
28. **La Momie vivante**, par A. CONAN DOYLE (*traduit par Albert SAVINE*).
29. **Pierrette**, par HONORÉ DE BALZAC.
30. **Le Contrôleur des wagons-lits**, roman gai, d'après la célèbre pièce d'Alexandre BISSON, par André BISSON.
31. **Le père Serge**, par Léon TOLSTOI (*traduit par Georges d'OSTOYA*).
32. **Marion l'Idole**, roman historique, par Jean BOURDEAUX.
33. **Graziella**, par LAMARTINE.
34. **Frissons d'amour**, délicieux roman, par Charles FOLEY.
35. **Les Mystères du Bagne**, par Jean NORMAND.
36. **Le Risque**, roman, par Maxime FORMONT.
37. **L'Aimée**, délicieux roman, par Eugène JOLICLERC.
38. **Le Roman d'une Courtisane**, histoire de la DU BARRY, par Henry FRICHET.
39. **L'Etrange et Aventureuse chevauchée de Morrowbie Jukes**, par Ruydard KIPLING (*traduit par Albert SAVINE*).
40. **Après le Divorce**, émouvant roman, par Marie-Anne de BOVET.
41. **Un drôle de Fiancé**, amusant roman, par Rodolphe BRINGER.
42. **Raphaël**, le chef-d'œuvre de LAMARTINE.
43. **La faute amoureuse**, délicieux roman, par Maxime FORMONT.
44. **Les plus joyeuses aventures d'Aristide Froissart**, célèbre roman de Léon GOZIAN.
45. **Bons mots et anecdotes**, par DANIEL.
46. **Le Sang**, roman, par Eugène JOLICLERC.
47. **Le Million du père Raclot**, roman sentimental, par Émile RICHEBOURG.
48. **Chérie-Aimée**, délicieux roman, par Adrienne CAMBRY.
49. **Premier amour**, par Ivan TOURGUÉNEFF (*traduit du russe par E. HELPERINE-KAMINSKY*).
50. **La folle passion**, roman, par Marie-Anne de BOVET.
51. **Les amours de la duchesse de la Vallière**, histoire sentimentale, par Madame de GENLIS.
52. **Le roman d'une vieille fille**, roman, par Amédée DELORME.
53. **Un Lys**, émouvant roman, par Maxime FORMONT.
54. **Adolphe**, le chef-d'œuvre de Benjamin CONSTANT.
55. **Aimer ?...** roman sentimental, par Guy de TERAMOND.
56. **Elisabeth aux cheveux d'or**, par E. MARLITT (*adapté par E. B. LAMG*).
57. **Le Chemin de l'amour**, délicieux roman, par P. VIGNE D'OCTON.
58. **Napoléon intime**, raconté par son valet de chambre CONSTANT.
59. **Un cri dans la nuit**, roman dramatique, par Georges MALDAGUE.
60. **Les Enchaînés**, roman, par Eugène JOLICLERC.
61. **Ressuscitée**, amusant roman, par Jeanne LANDRE et Gaston DERYS.
62. **L'amour mystérieux**, roman, par Georges SPITZMULLER.
63. **Le tailleur de pierre de Saint-Point**, le chef-d'œuvre de LAMARTINE.
64. **Une drôle de maman**, amusant roman, par Alphonse CROZIÈRE.
65. **Werther**, de GŒTHE.
66. **L'obstacle**, roman, par Georges PRADEL.
67. **...Et l'amour triompha !** délicieux roman, par Rodolphe BRINGER.

***Prochain ouvrage à paraître :***

## UN CRIME INCONNU

Dramatique roman, par J. MÉRY

**IL PARAIT DEUX VOLUMES PAR MOIS LE 15 ET LE 30**

**EN VENTE PARTOUT**

**F. ROUFF, Éditeur, 8, boulevard de Vaugirard. — PARIS (XV<sup>e</sup>)**

www.ingramcontent.com/pod-product-compliance
Ingram Content Group UK Ltd.
Pitfield, Milton Keynes, MK11 3LW, UK
UKHW021946260726
13994UKWH00004B/1565

9 782329 043210